读
行
者

从阅读走进现实
knowledge-power

knowledge-power

读行者

跑得远远的，一切都会好

"85后三毛"肯尼亚90天独行记

袁田◎作品

CNS PUBLISHING & MEDIA 中南出版传媒
湖南文艺出版社 HUNAN LITERATURE AND ART PUBLISHING HOUSE
博集天卷 CS-BOOKY

图书在版编目（CIP）数据

跑得远远的，一切都会好 / 袁田著 . -- 长沙 : 湖南文艺出版社 , 2013.10
ISBN 978-7-5404-6399-1

Ⅰ . ①跑… Ⅱ . ①袁… Ⅲ . ①游记—作品集—中国—当代 Ⅳ . ① I267.4

中国版本图书馆 CIP 数据核字（2013）第 215851 号

上架建议：游记 · 文学

跑得远远的，一切都会好

作　　者：袁　田
出 版 人：刘清华
责任编辑：薛　健　刘诗哲
监　　制：于向勇
特约编辑：郭　群
营销编辑：刘菲菲
装帧设计：张丽娜
内文排版：百朗文化
出版发行：湖南文艺出版社
（长沙市雨花区东二环一段 508 号　邮编：410014）
网　　址：www.hnwy.net
印　　刷：北京鹏润伟业印刷有限公司
经　　销：新华书店
开　　本：787mm × 1092mm　1/16
字　　数：183 千字
印　　张：15.5
彩插印张：2.25
版　　次：2013 年 10 月第 1 版
印　　次：2013 年 10 月第 1 次印刷
书　　号：ISBN 978-7-5404-6399-1
定　　价：35.80 元
（若有质量问题，请致电质量监督电话：010-84409925）

2012年9月____　　肯尼亚____　　内罗毕____

我对自己的定义已经十分模糊，不是一个寻找身份认同、有着强烈乡愁的旅行者，也不是一个有着较白肤色、有丰厚家财、在非洲逃避管束和享受自由的富二代。肯尼亚，90天，我只身走过大多数连本地人都没有走过的土地，接受过素昧平生的人为我提供的荫庇，我已经渐渐把这个国家融为身份的一部分。我现在在过的生活，就是我一直想要的生活。我在这里，在我该在的地方。一切都刚刚好。

跑得远远的，一切都会好。是的，心是空的了，现在来到的，都是应该来到的，我只需摊开掌心。

推荐序 Foreword

也许是甜的，也许是渴望，或者思念

2012 年年底，我坐在肯尼亚印度洋海边马林迪自己家的庙宇花树下，读完一本写印度的书，名字叫作《印度，去十次都不够》。这本书是到我家来玩的一位朋友顺便带过来解闷的，我和妈妈抢着看很开心，觉得不去印度也可以了，读书的滋味更美妙，还留有想象的余地。由此，我知道了这个叫袁田的女孩。

2013 年 7 月间在奔赴马赛马拉野生动物大迁徙的路上，我收到了一则微博私信，有位女生说她写了一本关于肯尼亚的书，正是袁田。两本别具风味和情怀的书，一本读过了，一本有幸可以推荐给大家，很开心。

热爱旅游的人终会相遇。

热爱生命和不断发问的人终归会跑得远远的，跑来肯尼亚，跑来非洲。

对肯尼亚乃至非洲的情愫，贯穿在我整整七年的无数次旅行和众多博文里，一天也不曾减弱。太美好了，让人舍不得偷懒。非洲成全了很多探险者和不断向生命发问的人。这里有你需要的一切答案，一切滋味。

也许是甜的，当你在风尘仆仆的苦旅终点，面对着一杯浓香的热奶茶。也许是别的滋味，叫作渴望，或者思念。

刚从马赛马拉回来，洗去一身尘埃。干旱的非洲稀树大草原，依然美得惊人。很多人认识肯尼亚，是从这里漫山遍野的角马、斑马开始的。而袁田一向是个用心对待每一次旅行的精灵女生，她从最北边的图尔卡纳地区开始慢慢进入肯尼亚……

我想，当这个漫长的旱季结束时，会回到非洲海边的家，坐卧在东非印度洋的落花和明月中，读完这本《跑得远远的，一切都会好》。

中央电视台《东非野生动物大迁徙》特邀嘉宾、

非洲野生动物游专家 尤妮斯

2013 年 8 月

序 Preface

我坐在拉穆码头的红树林食铺，一道竹帘把我和熙熙攘攘的沿海堤道隔开。

手边是一杯酸甜可口的罗望子果汁、咬了一半的曼达滋炸面包和三只在糖罐旁起起落落的苍蝇。眼前是穿着黑色反光面料罩袍、戴着希贾布的斯瓦希里女人，袖口绣有闪光的钉珠，画了深黑色指甲花蔓延图案的手拉扯着女儿和旅行包等下一班客船；裹了蓝紫色菱形图案基科伊棉布的长者拄着拐杖散步，路过的小童双手交叠请求他的祝福；有着阿拉伯血统的年轻男孩头发微卷，穿着红黄绿相间的大麻叶图案薄棉长裤，与码头上的同伴调侃时大笑，露出雪白整齐的牙齿。

印度洋湿润的海风吹不动我打结的长发，人中处以每三秒一滴的频率渗出细小的汗水，堆积在我的上唇。

现在是格林尼治时间早晨 6 点，斯瓦希里时间上午 12 点。

你永远不会理解这时间的设置方式，就像在肯尼亚行走 87 天后，我仍不能理解这个国家。

我看到得越多，就知道得越少。

我在拉穆码头，写下这故事的开头。

Contents | 目 录 |

第一章　内罗毕 *Nairobi*

"我在非洲有一座农场，在恩贡山的脚下。"

——凯伦·布里克森《走出非洲》

第二章　马赛马拉 *Maasai Mara National Reserve*

"我真希望自己能够传达……狮子仅仅转过头那一瞬间的动作的完美。但是语言在这里无能为力。如果你想感受这一切，最好在心里想象。"

——扬·马特尔《少年Pi的奇幻漂流》

第三章　上国 *Upcountry*

"非洲的灵魂，它的完整，它缓慢而坚韧的生命脉搏，它独有的韵律，却没有任何闯入者可以体会，除非你在童年时就已浸淫于它绵延不绝的平缓节奏。否则，你就像一个旁观者，观看着马赛人的战斗舞蹈，却对其音乐和舞步的含义一无所知。"

——柏瑞尔·马卡姆《夜航西飞》

第四章　斯瓦希里 *Swahili*

"你说你要跑去拉穆，跑得远远的，一切都会变好。伤痛会被留在身后，它们再不会找到你。可是拉穆再远，伤痛仍会跟着你，它们会在远远的拉穆找到你。因为，你永远逃不出另一个自己。"

——迈克尔·W. 史密斯《拉穆》

“不是我在离开。我自己的力量无法让我离开非洲，而是这个国家在缓慢地、庄重地，将自己抽离于我，就像大海退潮。”

——凯伦·布里克森《走出非洲》

第一章 内罗毕

“我在非洲有一座农场，在恩贡山的脚下。”

——凯伦·布里克森《走出非洲》

1. 初遇内罗毕尊者

有无数发音、俏皮的斯瓦希里词语会不时闪现于你的肯尼亚旅程中，但只有一个，绝对不会被错过。它读起来像用拳头捶一块笨重的木头，在出机场的第一刻就劈头盖脸地迎接你，从排队等着拉客的计程车司机口中发出，从兴奋的睁着大眼睛的小孩口中发出，从抱着婴儿指点着你的妇女口中发出。

他们喊你：穆宗古。

穆宗古（Muzungu），这一斯瓦希里词语在18世纪时特指欧洲开拓者，

zungu 的意思是一圈一圈地走。那些雪白的人带着诡异的动机在东非沿海地区一圈圈走动，被困惑的当地人称为“无目的的漫游者”。但现在这一词语已经不局限于欧洲人，但凡浅色皮肤的外国人都被称为穆宗古。

虽然我一再指着自己的手臂向计程车司机证明自己不是个白人，但他微微一笑，摆摆手，照例向我收取穆宗古的价格——从机场到市区 20 分钟车程的费用为 1300 肯尼亚先令（约合人民币 100 元，当时人民币兑肯尼亚先令的汇率约为 1∶13）。

其实出租车这种奢侈玩意也只有胆小的穆宗古才会使用，因为紫色的市政大巴就停在距离肯雅塔机场不远处的路边，拎着五大动物图案胶纸袋的本地居民们娴熟地挤上了巴士，可是你不敢去挤，因为你在内罗毕（“Nairobbery”）——以暴力和抢劫闻名东非的城市。

旅行圣经《孤独星球》热心地告诉旅行者，可以乘坐市政大巴进城，并不失友好地提示一句：只是很多乘客在车上或下车时遭劫。危险告诫还包括：在城里步行时不能携带任何贵重物品；背着大包小包、明显所有值钱家当都在身上的一脸无辜的观光客是下手的目标；街头巷尾任何地方都有遭袭的危险；经济型旅馆也不一定安全；钱财不能外露；不能在大街上看地图或旅游指南；食物或饮料有时会被下麻药；女性旅行者天黑后不能在路上闲晃，否则有可能被强暴；市中心的自由公园是你最不想碰见的人的聚集处所，能避则避……除去以上种种，内罗毕还是令人欣喜的，值得探索。

于是每天六点半日落时分，随着日光渐凉，昂头挺胸的穆宗古们渐渐放下向日葵式的骄傲，或是急匆匆钻进计程车驶向优雅富有的郊区，或是低头弓背在内罗毕人渐稀落的街道疾行，然后闪进旅馆所在的暗巷，猛敲上了锁的大铁门——大铁门不是夜晚才上锁，而是时刻都是锁着的，除非有人进出——从门洞处压低声音喊“askari，askari（斯瓦希里语：士兵）”，生怕只差这一步就被掩藏在黑暗中的怪兽拖走。

旅馆是我们的庇护所，也是流放地。

各国穆宗古在米利玛尼路的“米利玛尼背包客”打发每个游猎之旅前后的夜晚。当天没有去游猎的一拨在玩纸牌，打乌诺纸牌和翻《孤独星球》；从马赛马拉或安博塞利或纳库鲁回来的一拨在模仿斑点鬣狗那让人不舒服的哈哈怪笑；另外则是从北至南或从南至北穿越非洲大陆在每个国家都做短暂停留的一拨，疲惫地喝着明黄色的罐装塔斯克啤酒（Tusker）。

凯文不属于任何一拨。他独自坐在餐厅火炉边的一张八人桌旁，桌上铺着红白格子餐布。

九月的内罗毕正处干季，气温在二十摄氏度上下，夜晚还是有凉意。我走进开放式餐厅时，炉中的木炭正烧得噼啪作响。环绕火炉的七张方桌都已经被一团一团的年轻旅行者占据，大笑和烛光中，我的形单影只显得突兀。

白发长者招呼我坐下，他看起来有80岁了，银白色的头发在脑后扎了一个马尾，眼睛小而深邃，抽着大使牌香烟。

餐厅的服务员走过来问我要吃些什么。小黑板上用粉笔写了今日推荐：乌咖喱（ugali）配炖牛肉。我问长者：“乌咖喱好吃吗？”

他说：“你应该自己试试。”

端上来的是一大团白糕，我用右手三个指头小心翼翼地捏下一点，蘸着炖牛肉的汤汁送进嘴里。

乌咖喱是肯尼亚的主食，玉米粉加水搅拌做成。虽然被我音译成乌咖喱，

但它与咖喱一点不沾边，本身寡淡无味，吃第一口时觉得像在嚼橡皮泥。炖牛肉已是高级待遇，一般人家饭桌上摆的是炖甘蓝（sukuma wiki）——字面意思是“拖一周”，意思是这种便宜的蔬菜可以断断续续地吃上一周。

“怎么样？不算难吃吧？”长者问我。

“还好，有点像我们国家一种类似的东西，但也不算好吃，没什么味道。”我想说的是米糕。

“我吃乌咖喱吃了一辈子，现在已经不想再吃这个东西。”长者讲话很慢，一句一顿，他抽了口烟。

吃了一辈子？他看起来确实不像旅行者，倒像是每个旅馆都会有的一个神秘房客，餐厅厨师和院子里的大狗都和他很熟。他的英语没有任何国家的口音，我好奇地问他从哪里来。

“我是肯尼亚人。”他很强调这一点，声音低哑，夹着烟草的杂质，“我说斯瓦希里语。出生在这里，在这里长大。”

但他分明是个白人。

炉火暗了，老头子披上外套，去外面取木柴。他把干木头拨进炉子，把腿跷在炉壁旁，开始烤火。我则一边嚼淡而无味的乌咖喱，一边考虑在内罗毕的行程。

一百年前，一个丹麦富家女因为爱情的失败，赌气和情人的弟弟协议结婚。虚荣的她是为了男爵夫人的头衔，而男人则图钱。两个不羁的年轻人来到非洲大陆的英属东非，在内罗毕西南的恩贡山脚下买下一片土地，开始种植咖啡。婚后一年，富家女非但没有得到幸福的生活，反而被丈夫传染了在当时足以致命的梅毒。两人分居后，富家女和一个天性不羁的猎手兼导游发展成情人关系。

富家女渴望的是拥有，而没有什么可以换取导游的自由，“我不会因为一张纸而更爱你”。两人最终未能逃出占有与失落的魔咒，导游开始和一个年轻俏皮的女飞行员暧昧。同年，富家女的农场破产，家族集团逼迫她卖掉农场撤回丹麦，而导游则在她离开前突然死于一场空难。

富家女回到丹麦后，写出了她在非洲的生活回忆录《走出非洲》，她就是凯伦・布里克森；让她魂牵梦萦的风流倜傥的猎手兼导游是英国贵族丹尼斯・芬奇・哈顿；哈顿死前暧昧的对象则是史上第一个自东向西独自飞越大西洋的英国女飞行员柏瑞尔・马卡姆，《夜航西飞》的作者。

两个相差 17 岁的传奇女人成为好友，并各自用著作对同一个男人进行了悼念。这是发生在 20 世纪初内罗毕的故事，现在读起来就像美剧《绯闻女孩》一样精彩。

凯伦曾经问，如果我记得一首歌，它关于非洲、关于长颈鹿、关于一弯新月斜挂、关于田头的犁和咖啡采摘农挂满汗珠的脸，非洲又会否记得关于我的歌？平原上的风是否会因为我穿过的颜色而颤动？孩童们会否发明以我的名字命名的游戏？满月又是否会在碎石路上投下一个像我的身影？恩贡山盘旋的鹰是否还会留意我？

内罗毕记得凯伦，她的咖啡种植园被命名为凯伦区，她曾居住的地方则成为凯伦博物馆及咖啡厅。内罗毕也记得哈顿，凯伦按照他的遗愿，把他埋在了靠近恩贡山的最高点，马赛人曾经报告说，一头公狮和一头母狮常守护在那里。而柏瑞尔的家则在恩贡山赛马场附近，在临终前几年，她还在那里被歹徒入室抢劫及暴打——内罗毕当然也不会忘记她……

我也搬了椅子坐在火炉旁边，高高的烟囱伸到屋顶外面。我搓着双手，和老头子一起看熊熊火光。

“打算去哪里？凯伦博物馆还是内罗毕国家公园？无非就是那几个地方。”他问我。

“还不能去凯伦博物馆。很遗憾，没有在来肯尼亚之前读《走出非洲》的原著，如果就这样去了，也没有什么共鸣。倒是读过《夜航西飞》。”

他笑了。“柏瑞尔，她是我见过最有趣的女人。”

我看了一眼老头子。

“柏瑞尔晚年的时候，我照顾过她和她的奔驰，我总是把奔驰擦得很亮。她喜欢喝酒，笑起来很大声。现在的时代很难再有像她那样特别的女人了。”老头子仿佛在引领我通往那个浪漫而自由的时代：壁炉边，柏瑞尔正端着酒杯和朋友们爽朗谈笑，兴致起时赤脚站上木桌跳舞。

眼前的这个老头子像谜一样。不提他的父辈来自哪里，也不说他到底多少岁了，但他说自己几乎走遍了世界，喜欢树木和女人，从年轻时就和非政府组织合作做野外植物保护；离过一次婚，有一个卢奥族的妻子和四个孩子，他们住在上国的乡村，他则独自住在米利玛尼旅馆的木屋。

“我应该叫你什么？”说晚安前我问他。

“凯文，凯文 mzee。”

“mzee 是什么？”

“尊者的意思。”

2. 东丽区，一切安好

凯文 mzee 在知道我要去东丽区（Eastleigh）后，显出了不寻常的担心。他用红色粗笔在我的地图上标出了一条纵贯东丽区的主干道——东丽第一大道，然后郑重地告诫我："不要走到周围的二、三、四街上去，就在这条大路上走。记下来我的电话，有什么事情马上打给我。"

在大河路附近找到开往东丽区的大巴并不难，画着闪电和虎头的黑色破尼桑排成一排，穿紫红色背心的马他突（matatu，小巴）售票员一路为我指路。我特意和一个老妇人坐在一起，她看起来诚恳而可靠。

从 1991 年索马里爆发内战开始，到 2009 年止，大概有 68 万索马里难民被联合国难民署登记在册。东丽区是10万索马里难民在肯尼亚寻求庇护而形成的集中社区，有“小摩加迪沙”之称，是肯尼亚的“国中国”——索马里的“飞地”。

野心勃勃的索马里企业家把将近1.5亿美元投资在这里，盖起一座座购物中心和一片片住宅区，虽然无从考证这些钱和海盗活动有多大关系。有人说，在东丽区买枪像买面包一样容易；这里的商店卖的不只是衣服和珠宝，从走私到毒品再到人蛇活动无一不包；肉贩子包起来的不一定是新鲜的牛肋肉，很可能是市面上最新式的小型武器；如果你够用心，而且愿意付出适当的价钱，连一颗跳动着的人的心脏都可以在这里买到。

我压低声音问邻座的大婶：“嬷嬷，去东丽区要多久？”

她可没压低声音，大声回答我说：“大概15分钟，离市区很近的。”

“您是住在那里还是去那里办事？”我在猜测她是不是索马里人。其实一个月后我就不再有这种疑惑，因为索马里人颀长的身材、瘦削的面孔和肯尼亚的班图人有明显差别，有一种“特别的优雅”。

她是基库尤人——肯尼亚最大的部族，每两个星期去东丽区探望一次八十来岁的母亲。

我仍不放心地悄声问她：“嬷嬷，东丽区安全吗？”因为大巴的前方是几个看起来不太安全的男人，不时回头审视我这个车上唯一的穆宗古。

她笑得坦荡荡，说：“我觉得很安全，至少我在那里住了几十年都没有遇到过什么危险。”

仔细想想也是，逃到肯尼亚的难民们一定不愿意在另一个国家滋事，而且都有老有小的；爱搞事的索马里人应该都还在本国搞青年党叛乱，顾不上分散精力来闹肯尼亚。即使东丽区都是非法交易，只要我不去刻意滋事，卖假护照、真武器和人体器官的人应该也不会主动找上我，对他们来说，引起无谓的怀疑并不是好事。

嬷嬷一路向我介绍沿途的地标：圆环路、露天市场、鲍思高中学、圣特瑞莎男校……然后我们就到了热热闹闹的东丽第一大道。

马路中间是推挤腾挪、动弹不得的各种马他突、公交大巴、拉货的卡车和零星的小轿车，大道两边是各种购物中心：莫亚莱、哈比卜、曼谷购物城、朱巴非洲流行……甚至还有一座香港购物城。虽然名字都叫得很响亮，但是样子都不太入流，远没有“购物中心”这个词本身暗示的一站式、明亮、舒适、购物娱乐一体化的氛围，看起来更像是民宅改造而成的三层批发市场。马路两旁界限并不明显的人行道上挤的都是商贩，经营范围从服饰到面纱，再到玩具、地毯、烤玉米。

整条街没见到一个外国人，倒是穿着黑袍戴着面纱的女人们很是显眼。听到穆安津的唤礼声从看不到的清真寺传来，大概是晌拜的时间了，我顿觉安心许多——总是对穆斯林有着说不清的信赖感。索马里人的伊斯兰教信仰在普遍信奉基督教的肯尼亚，尤其是内罗毕，还是颇为小众。

我穿着拖鞋，在泥巴路上跳来跳去，尽量显出熟门熟路的样子，但还是一个不小心整个脚陷进了泥淖。天这么晴，哪儿来的积水呢？看来东丽区首先需要解决的是排水问题。因为担心安全问题，所以没有背包也没带相机，只在兜里揣了几百先令，我买了烤玉米当午餐边走边吃。卖翻版影碟的小贩大声吆喝，几乎是炫耀地把中国功夫片塞到我眼前，还不停努力与我沟通：“Chin-Chong-Chin。”不止他一个人，几乎每个与我打照面的人都会说上一句“Chinese”，附加的一句就是“Chin-Chong-Chin”，并坚持认为这句话一定是中文。

我决定在东丽区做些什么，于是决定去洗头。一块粉红色的招牌上写了“××美容”，我掀开布帘刚准备进去，一声尖叫先把我吓了一跳，接着看见一个身影匆忙闪进了里屋。我赶紧退出来，不知道发生什么事。一个短发的小姑娘掀开布帘一角，她从里面看我，问：“什么事？”

我尴尬地说，只是想洗个头，不知道为什么把那个女士给吓着了。

胖乎乎的小姑娘笑得花枝乱颤：“她以为你是个男的！”

她招呼我进去。一个洗头池在门廊处，里屋是一个头上裹了大毛巾的瘦削女人，她似乎惊魂未定。我觉得有些不满，虽然本人身材平板，但也不至于像个男的吧？

小姑娘让我别介意：“她们是穆斯林，你戴着帽子，又穿牛仔裤，她以为是男人闯了进来。”瘦削的女人仍在打量我，我把帽子摘下，长发披散在肩上，让她看个清楚，她就笑了。

“你知道，她们索马里穆斯林的规矩很多，我倒无所谓。我不是索马里人，我是肯尼亚人。”小姑娘叫达玛丽丝，英文很流利，能说会道。她兴奋地问我：“只是洗头发吗？要不要编发辫？说真的，这还是第一次有穆宗古到我们店来。”

达玛丽丝介绍说旁边的女人是老板娘，她只是来帮手的。老板娘已经不怕我，走到我旁边，指着我的破洞牛仔裤叽里呱啦对达玛丽丝说了些什么，接着又去里屋让另一个年轻些的女孩出来看，看来对我的牛仔裤很好奇。

“她们觉得你很穷。”达玛丽丝咯咯地笑，“牛仔裤破成这样还在穿。”

嘿嘿，要的就是这种效果。来肯尼亚之前我把新买的包用鞋底蹭上灰，触屏手机也换成了磨损的键盘机，带的是最普通的布鞋和20元一双的“人”字拖，接下来的北部之行还不知道会碰上什么，所以尽量让自己隐蔽些。

我坐在镜子前，身后的老板娘和女孩在用索马里语聊天。女孩拿过老板娘的手，开始用盛着乳液的纸筒练习手绘花纹。达玛丽丝让我稍等，拿了电棒插进水桶里，开始加热。布帘又开了，三个黑袍女人闪身进来，翻开眼睛上面的额布，拿下脸上的面纱——三个年轻的女孩。看起来是熟识的人，达玛丽丝径直去拿了一条米黄色的礼裙出来。

“她们来看结婚礼服，我们这里可以租借。”达玛丽丝尽职地向我解释。

礼裙看起来已经很破旧，袖口都有污渍了，想到要穿这样一条裙子结婚，我有些替新娘惋惜。其中一个女孩拿着裙子比画了一会儿，似乎也不满意，三个人又重新把脸遮好，离开。

“穆斯林的婚礼不是应该穿传统的服饰吗？”我问。

“她们打算办两次婚礼，一次是传统的伊斯兰婚礼，一次是西式的婚礼。”达玛丽丝得意地说，“你呀，还好遇见了我，她们都不会说英语，你有什么问题都可以问我。”

“你怎么会说索马里语？”

“我就在东丽区长大，所以会说斯瓦希里语和索马里语。”

相继有索马里女人进来，有的只是进来看看，和老板娘打了招呼就走，有的是来预约做头发。我尝试性地向她们问好：“Assalaamu alaikum.”她们显出了惊讶的神情，回答我：“Wa alaikomoasslaam.”但她们更常用的问候是一句简单的“Fahien”。

达玛丽丝抓着我一大把几天没洗的头发，满眼的羡慕。她说："你知道吗？我们都没有头发，很想要像你这样的长发。"没有头发？我指着她直直的短发问："这不是你的头发吗？"

"这是假发。我自己的头发在里面，编得很紧藏在假发里。一会儿有其他人来做头发的话你留心看，都是很硬很卷的短发，长不长。"

原来是这样！所以关于中国的假发生产商最大的出口市场是非洲的说法，不是瞎编的。

她向我介绍了好几种编发的工艺，包括拉线（lines）——把头发分成细细的一缕一缕的，贴着头皮编成细细的垄沟，会很疼，这种发型不用接发，价格也便宜；玉米田（cornrows）——接上纤维假发后编成一大坨的辫子；骇人长发绺（dreadlocks）——鲍勃·马利的发型。

虽然心里很想做一个试试，但是为了后面的行程着想，我还是决定等一个月后回到内罗毕再说。顶着一头不能洗、不能梳、连觉都睡不好的头发，我的北部部落之旅不会好过。旅馆里的一个美国女孩曾把她满头的长发编成了细细的辫子，第二天就疼痛难忍，解也解不开，一怒之下把头发咔嚓全剪了。

我洗了一个痛痛快快的热水头。吹风时，一个小女孩在一旁编发线，果然，达玛丽丝把她满头的小辫子拆开再用刮梳用力刮开后，女孩顶着的就是可爱的爆炸头。她说自己每个星期都换个发型，所谓的换发型也就是把发线移到前面，移到后面，编成弧线，编成直线，或者编成"之"字形。达玛丽丝双手飞舞，每一条小辫子用不了两秒钟就成形，发尾处连皮筋都不用扎，紧得拆都拆不开。

在达玛丽丝的坚持下，我好不容易洗干净的长发又被抹上了一层黄绿色的发油，目的是滋养头发，自然，它变得比之前更黏更沾灰了。

这是我无惊无险的东丽区探索之旅。

两个星期后，东丽区发生手榴弹袭击，一个九岁男童被炸死。

3. 阿里带给我的一夜

阿里有一辆重型机车，日本本田，就停在“米利玛尼背包客”的院子里。他和我同住一间八人宿舍，睡在我对面的上铺。他的床堆得乱七八糟，三个头盔、两套西服、无数 T 恤和几本小说。阿里的鞋子很重，夜里一点回来时像巨兽。

阿里是 28 岁的巴基斯坦裔肯尼亚人。

“所以你是个什叶派？”我和阿里一起吃饭时问他。

他有些吃惊，问我怎么会知道。其实如果他不叫阿里而叫另一个穆斯林名字，我都不能这么讨巧地猜中。因为阿里是先知穆罕默德的女婿和堂弟，相信阿里是先知继承者的一派穆斯林被称为什叶派；而不承认阿里，维持原有传统的一派为逊尼派。在整个穆斯林世界中，逊尼派占大约九成。

阿里的爷爷辈很多是乌干达铁路的筑路工人。1903 年，英属东非没有合适的技工，所以英国从英属印度的旁遮普邦和古吉拉特邦抽调了三万名劳工，大多数人在铁路竣工后都回了印度，六千多人留了下来。1947 年，英属印度大分裂，根据宗教信仰分成了巴基斯坦伊斯兰共和国和印度共和国。而原先完整的旁遮普邦也被分成了东西两块，西边的一块属于现在的巴基斯坦。阿里说，自己是巴基斯坦裔。

知道我只身去东丽区探险之后，他特别兴奋地问我有没有吃到什么好吃的。

其实没有，洗完头后达玛丽丝带我去一家小吃店喝了杯甜茶，外加两个油炸面包圈——曼达滋当下午茶。阿里特别遗憾，说东丽区是他的地盘，那里的东西便宜又好吃。以前他在那里做改装车生意，中午常去一家很棒的埃塞俄比亚餐厅吃饭。

“明晚你有空吗？没事的话我带你去尝鲜。”阿里又补充一句，“我们骑摩托车去。”

再好不过了！我就没看过夜晚的内罗毕，因此天一黑就躲回旅馆乖乖待着。

约好第二天晚上七点碰头，我早早就回到了旅馆等着。他风尘仆仆地骑着摩托车从外面回来，把一盒果汁交给我，让我帮他拿着，说：“我们穆斯林不喝酒。你们可能觉得很奇怪，很没劲。”

“不会，我尊重你们的宗教礼俗。”不过关于为什么去埃塞俄比亚餐厅要自带果汁，我还是有些疑惑。我接过他递过来的头盔，拿在手里至少有两斤重。

“我出过一次车祸，就是头盔救了我，只有一点儿手臂擦伤。一定要戴。”我硬挺着脖子戴上，觉得摇摇晃晃，脑袋都支不住了。他则穿上了很像交通协管员的黄绿色荧光背心。

内罗毕的交通拥堵问题很严重：没有地铁，没有高架，公共交通以马他突为主，有数量极少的交通灯，秩序基本靠交警比画控制。中产阶级都爱开车上下班，私家车数量多得惊人，市区并不宽的主干道上还有无数英国殖民者留下的遗物——转盘。每天的早晚高峰时间，几条大路被堵得结结实实，上班族在路上耗费三四个小时是常见的事情。我这样的路人幸灾乐祸地看着司机们挂挡，挪一步，又歇菜，半天再挪一步。开车的人读报纸，涂指甲油，用手机聊天，听音乐……大家看起来都并不气恼，似乎在漫长的车程中可以完成不少琐事。

夜晚的内罗毕并不热闹，除了酒吧和俱乐部附近有些动静，几乎没有人在街上闲晃，和白天迥然不同。摩托车停在肯雅塔路和自由路交界的大转盘处，所有车辆都在等着交警的一个手势。我们的车头没有灯，所以阿里很小心地停在夹缝里。他递给我一支手电筒，要求我等会儿给他打灯。

“我们到底是去哪里？不是去东丽区吗？”我终于忍不住问他。

“啊，我忘记告诉你了，行程更改，我们去朋友家吃饭。刚巧她们今天约我过去，我说和你有个约会，她们就说让我把你也带去。不介意吧？”

我倒无所谓，问：“是个派对吗？”

“只是朋友间的聚餐。你会喜欢她们的，其中一个姑娘只有一只手。”他镇定地告诉我。

“发生了什么？”

“一次交通意外。她被截肢，现在戴着一只假手。”

我打着手电筒给阿里照路，山路一片漆黑，他飙得飞快，还不时腾出一只手拍拍我的膝盖，问我好不好。

我对他的了解局限于三天的旅馆生活，他在各国的旅行者中都很受欢迎，给穿越型的西班牙摩托车手提路线建议，把荷兰高挑的金发姑娘们逗得哈哈大笑，为思乡的美国小伙子们订购比萨……只知道他在乌干达和肯尼亚两处来回奔波，做的是电脑和运输的生意，但我出于一种直觉非常信赖他，虽然他称我为“史上最愤世嫉俗的中国女孩”。

他的摩托车停在一座山坡旁的高压灯塔旁，我开始期待一处刺激的篝火派对。他摁了几声喇叭，没有回应。难道是在打暗号？他又打了个电话，然后阴森的铁门徐徐打开，一个丰满的年轻女人出来迎接我们。他们拥抱着问好，然后她也拥抱了我。我偷偷看了一眼她的手，不是假的。

“艾米在里面，已经等你们很久了。”她转身问我，“你还好吗？坐摩托车很冷吧？”

她领着我们走进一处类似于房车停车场的荒地，四处都是杂草和灌木，没有人的迹象，黑猫从脚边跳过——这就是艾米的住处。木头方桌放在平房边的大树下，桌上放了烛台和健力士黑啤，一个姑娘正在生篝火。她抬头看我们，极漂亮的大眼睛，乱糟糟的短发。她的声音沙哑而性感：“你们能不能再晚点！我的穆萨卡都要凉了！”讲话时她的嘴唇微翘，一股粗犷的英国北方腔。

她走过来拥抱了阿里，然后拥抱我：“嘿，中国女孩，你就是他的约会对象吧，把这里当自己家，不要客气。”

阿里在旁边也不解释，只是坏笑。

爱丽克丝是刚才迎接我们的女人，艾米的表妹，但看起来比艾米年长成熟很多，她讲话温文尔雅，是附近一所小学的心理辅导师；艾米则是甜美直率型，看起来娇小而瘦削，有摇滚范儿，常常把F打头的那个英语单词挂在嘴边，喜欢音乐和啤酒，爱笑。

艾米领我进房间洗手，自己去厨房端晚餐。我趁机参观了她类似于房车的住所，虽小却布置得很温馨。客厅里是两人座的沙发，窗帘是粉色的碎花，一台老式电视机旁堆了很多影碟，看来这是她主要的休闲方式。一阵浓香传来，艾米端了一大盘像肉酱的食物走出厨房，让我帮忙端薯块和沙拉。

这就是希腊的传统美食穆萨卡，艾米向我们每人盘中舀了一大勺，自己只夹了些沙拉。“做饭的人吃不下，做的时候已经吃饱了。”她用右手打开烟盒，夹烟，用烛台点烟，一气呵成，左手则小心翼翼地藏在黑暗中。

温热的穆萨卡吃起来像是意粉上的配料，有肉末、茄末、番茄碎，还有很浓的蛋香味。

“还是你妈妈的配方吗？好久没有吃到了，真的很想念。”爱丽克丝问。

“是，客人不喜欢换配方，所以我还是自己用奶油和蛋黄来做贝夏梅尔调味酱。”艾米在事故之前曾是好几间俱乐部的DJ，现在则在做外包膳食，有固定的客人会提前打电话下订单，让她做数十人的穆萨卡。

艾米抽着烟，偶尔停下吃口沙拉，剩下的时间都在给我们讲“故事”——故事，是肯尼亚日常生活中的关键词。

“你们看了新出的鲍勃·马利纪录片吗？四个小时，但是真的很棒。几年前我在一次纪念演出上见过丽塔·马利（鲍勃·马利的妻子），我冲上去对她说，我可以亲吻你吗？她说可以。她真的很酷……”

“爱丽克丝你还记得吗？上一个我们认识的亚洲人还是你小学时的朋友，那个女孩就是个婊子，表面上和你要好，背后却在讲你的坏话，说你胖。你回来跟我哭，还是我出手教训的她……”

爱丽克丝幽幽地转头对我说：“艾米把她的头塞进马桶里……她为我打了不少架。”

“从小到大一直都是我在罩着你，直到后来你开车把我送到戒毒中心，我还完全被蒙在鼓里，你有时真的不动声色……”艾米滔滔不绝。

爱丽克丝尴尬地看了阿里一眼。

艾米仍在滔滔不绝：“跟你们说，我在哈瓦那酒吧糗大了。几个星期前我在那里跳舞，跳得太 high（兴奋）了，假手太碍事，我就把它拿下来放在我的包里，包留在凳子上。结果跳完舞回来，发现我的包整个没影了！包不贵，包里也没多少钱，可是那只手要 7000 美元！我要是跟我爸说，他非从希腊飞过来杀了我不可。我猜谁捡到那只手都不敢留着，肯定会交回来给哈瓦那的人，所以就在男女厕所都贴了告示，悬赏我的手，交还者奖励 1000 美元。你们猜怎么着？一个星期都不到，就有人给我打电话，说捡到了我的手，问我什么时候给钱。他就是哈瓦那的服务生，还以为我不认识他。他要那 1000 美元，我丢了 200 美元给他。拿了我的手还不肯主动还给我，这是个教训……”

艾米讲话很快，很多我都听不太懂。如果我的英文再好些，就能听出她的冷幽默和自嘲的桥段，而不是跟着爱丽克丝和阿里一起一笑而过。虽然我和她没法儿用语言好好交流，但觉得自己懂她，似乎明白她大笑的外壳下的骄傲，她细腻、易怒、歇斯底里，却也让人怜爱。

回程的路上，阿里说，其实自己是很爱批判的人。“我看不起那些逃到毒品和酒精里的人，觉得他们都是懦夫。可是对于艾米，我没办法讨厌她。两年前她出的车祸，现在才 29 岁。我不知道如果自己遇到这样的事情，能不能比她更坚强。”

批判。我们又是谁，凭什么？有人需要致幻剂忘记苦楚，有人在青年旅馆经营生活，有人飞了 13 个小时，在异国他乡的奢华购物中心门前与拾荒人坐在一起吃矿泉水加面包。隐匿在肯尼亚的外国脸庞背后，都有一个离奇的故事。谁的生活如白瓷一样完美无缺，无懈可击？

我们只需要问自己：这样的生活的确是自己想要的吗？我清醒地知道自己在做什么，没有一丝混沌吗？

只要能确凿地回答这问题，便不会对任何人有歉疚，也不会对自己有失望。只要能在黑暗来临时不闭上眼睛，而是睁大双眼，直视究竟什么会来到，就会发现没有什么比内心的犹疑更可怕。

Maasai Mara National Reserve

第 二 章

马赛马拉

“我真希望自己能够传达……狮子仅仅转过头那一瞬间的动作的完美。但是语言在这里无能为力。如果你想感受这一切，最好在心里想象。”

——扬·马特尔《少年 *Pi* 的奇幻漂流》

1. 不是所有的角马都迁徙

想象一下，每年七八月间，整座城市停水，食物售罄，你必须和 150 万同胞一起拖家带口，长途跋涉八百公里前往北方，其间需蹚过两到三条河流，沿途还不时有劫匪路霸想把你的爷爷奶奶爸爸妈妈兄弟姐妹拖走弄死。不凑巧的是，很可能你的妈妈和姐妹还有孕在身。你们到达北方后待不了三个月，北方又开始淹水，不得不再跋涉八百公里回家。

想想就觉得闹心。但这就是居住在坦桑尼亚塞伦盖蒂的非洲角马（wildebeest）的宿命。初见 wildebeest 这个词时，很难不与 wild beast（疯兽）混淆。角马的确相貌狂野，牛头马面，弯腰驼背，脖子上的鬃毛稀疏而凌乱地披散在背上，很像被风掀开的秃头上那片单薄的头发，下巴上还有一大把白胡须，看上去确是不羁而奇特的疯汉。非洲人民也很不护短地称它们为“非洲小丑”，说它们是各种动物的残肢拼接起来的——整个一个科学怪人。

但你在八至十一月间的马赛马拉见到的几乎每一只“科学怪人”，都是一场长征的顽强幸存者，因为马赛马拉不是角马的家。

事情要从雨说起。

东非每年经历两次雨季：三至六月间的长雨季和十至十二月间的短雨季。雨水是草生长的必要因素，但角马最爱的是短草。虽然每年雨季的时间会略有变动，但角马的迁徙模式则是固定的：从大本营——坦桑尼亚的塞伦盖蒂，迁往避难所——肯尼亚的马赛马拉。塞伦盖蒂和马赛马拉同属于塞伦盖蒂生态系统，是同一片草原，不过是由于国界的人为划分，被分在了两个国家。虽然听上去角马进行的是了不起的跨国大迁徙，但它们只是从一片草原的南边迁到北边。

角马的家本在恩杜图——是南塞伦盖蒂与恩戈罗恩戈罗高原（Ngorongoro）之间的一片特殊地域，这里的草含有丰富的磷、氮等矿物质，养育着一代代的角马繁衍生息。四至五月间，居住地的草日渐被吃光，角马面临“不搬迁就去死”的困境，开始向塞伦盖蒂西北的草区缓慢挪动。六月长雨季结束，大部队向北挺进塞伦盖蒂中西部，这也是角马意乱情迷的时期，九成母角马在这段时间怀孕。七月到八月，角马们继续向北，一路集结，在马拉河对岸鲜美绿草的诱惑下准备“天国之渡”。八月末，几乎所有的角马都已经在马赛马拉一边，直到十月短雨季来临，马赛马拉一边的草也被吃得差不多了，角马准备回家。十一月，塞伦盖蒂莺飞草长，马赛马拉则有淹水的危险，角马继续沿着顺时针路线，取道马赛马拉东路，从塞隆奈拉回到老家恩杜图。十二月到来年三月，安居乐业，吃草发情。

每年有近 25 万匹角马在迁徙途中死去，50 万匹幼儿在回程后新生，循环往复，生生不息。

但不是所有塞伦盖蒂的角马都迁徙，也不是所有迁徙的角马都过河，更不是在马赛马拉就一定能看到“天国之渡”。这是关于地球上最浩大的哺乳动物迁徙的主要迷思。

比如，恩戈罗恩戈罗火山口壁以内的角马就从不迁徙，因为火山口内的生态系统与外界完全不同，它们天生占据了有利地段，捧着金饭碗出生，整个一个二世祖一样，不用为了一口吃的奔波。而迁徙的角马到达马拉河附近之后，有些宁愿留在河的这一边，依靠河堤上仅存的草生存，撑得下去的一部分则在大部队的回程路上与之会合。至于能不能在马拉河边看到角马过河，则是两三天的游猎之旅完全不能保证的。

2. 不如归于想象

在朋友的热情招待下，我这个本来放弃了马赛马拉行程的人意外享受了一次奢华之旅。

出了内罗毕，看见金合欢，才觉得是在非洲了。这种平顶的树像巨伞一样突兀地出现在路的一边，出现在什么都没有的荒原中，出现在只有非洲才可能看到的一口气延伸到地平线尽头的云层下。

马赛人拿着长矛，匪夷所思地站在金合欢树顶极目远眺，是我想象中的非洲。

金合欢的世仇是长颈鹿。这是从爱尔兰乐手葛道夫的非洲游记中看来的故事：很久很久以前，长颈鹿是没有这么高的（现在大概有三层楼高），因为和河马、大象这些又重又凶的草食动物相比，温和的长颈鹿不具备任何优势，所以它们开始伸长脖子纵向发展。很久很久以前，金合欢的高度是无敌的，直到一种睫毛弯弯一脸无辜的动物越长越高，高到可以吃到它们的时候，金合欢开始反击了。金合欢开始长刺，能把人手整个划开，但是很快，长颈鹿就进化出了一种皮层坚硬的上腭和不烂之舌，可以哧溜一下卷起金合欢的树枝，撸下花蕾和嫩叶吃。金合欢很绝望，又过了上千年，它开始从叶子释放一种腐臭的毒物，目的是恶心长颈鹿，但是长颈鹿是很随和的动物，再难吃也好过饿死，所以毒物也没有用。金合欢不屈不挠，继续进化出一种预警措施，每当有长颈鹿逼近时，金合欢就会用某种“长颈鹿快闪急急如律令”的气味通知下风区的其他树，但是长颈鹿只用了区区 20 年的时间就破解了这种咒语，开始从上风区出其不意地偷袭金合欢。

到目前为止，金合欢还没有进化出下一个与长颈鹿斗智斗勇的致命武器。但是谁知道呢，再过一百年，说不定故事可以继续讲下去。

旅行社安排的是马赛马拉历史最悠久的一家度假酒店——奇可洛。在坑坑洼洼的烂路上颠簸五个小时后，司机把我放在奇可洛的前廊处，叮嘱我就在这儿待着等我的团友。然后我的眼眶就湿润了——

这哪里是非洲？！肤色雪白的欧洲老夫妇、富庶的印度大家庭和操着各地乡音的中国旅行团在酒店大堂谈笑风生，穿深蓝色马球衫和卡其色长裤的年轻男子对手边挽着的女友露出威廉王子式的微笑，甚至当衣着传统的红衣马赛人热情地为客人提起爱马仕的行李箱时，你都还怀疑这是不是酒店服务员的角色扮演。

背着过头高、四十升大包的我像汤姆森瞪羚一般不知所措。接下来的两天，我将和七名千里迢迢前往非洲考察道路安全的我国同胞一同见证奇幻的非洲大草原。

汤姆森瞪羚，是我们傍晚第一次游猎时见到的第一种动物。很明显，汤姆森瞪羚是由汤姆森先生发现的瞪羚，另有一种由格兰特先生发现的瞪羚，很没悬念地就叫格兰特瞪羚。两位先生发现的瞪羚的唯一区别就在于：大多数汤姆森先生的瞪羚有黑腰线——少数格兰特先生的瞪羚也有——好吧，就在于白屁股，汤先生的瞪羚的白屁股止于尾巴之下，而格兰特先生的瞪羚整个屁股都是白色的。

这种白肚皮、黑腰线的棕黄色汤氏生灵是迁徙大军的殿后部队：20万匹斑马打头阵割倒长草，150万匹蓝角马紧跟着吃短草，50万只汤姆森瞪羚则啃食角马大军横扫过之后长出的新草。

为什么斑马走在前面？我们技高人胆大的司机兼导游史蒂夫说，马赛人相信斑马和角马是好朋友，角马的嗅觉极好，可以闻到百米以外的水源，但角马头低低眼耷耷，只顾着低头吃草，所以需要视力极好的斑马来开路。

虽说每匹斑马的条纹都是独一无二的，但就像我们并不以掌纹来辨认亲友一样，斑马眼中的斑马也都是形态各异的，并不依靠纹路来认“马”。而且，条纹的生物作用还不能明确，有人说是保护色，但是黑白色的斑马站在黄绿色的非洲大草原中分明扎眼得厉害，不过由于斑马最主要的天敌狮子是色盲，因此这种说法也能说得通；也有人说是为了混淆视听，因为斑马扎堆挤在一起的时候，远看就像一头莫名其妙的巨兽，分不出哪里是头，哪里是脚，这也不无道理，看久了斑马群确实觉得头晕。

那些跟在妈妈身边的浅棕色小斑马还是一副马瘦毛长的样子，像驴一样可爱。它们的棕色会慢慢褪去，长出鲜明的黑与白。圆耳朵时而直立，时而警觉地向后背，时而又显出害怕的样子，耳朵向前耸动。成年斑马则有齐刷刷的短鬃毛和圆滚滚的屁股，在云层密布的非洲天空下显出一种诡异的和谐。

这种看似温和的食草动物却从来没有被彻底驯服过，有着非洲大陆上唯一没有被殖民过的埃塞俄比亚人一般的骄傲和捉摸不定的个性。

但非洲草原的主角从来不是斑马，非洲五霸（Big Five）——非洲象、非洲水牛、黑犀牛、狮子和花豹才是游猎之旅的目击目标。

到非洲之前，我总是弄不清五霸究竟是哪五个——论个头，长颈鹿怎么也能排得上号吧？论名气，角马怎么会没有一席之地？论残忍度，尼罗鳄和河马杀人如麻。后来才知道，五霸是巨兽猎人发明的说法，根据徒步狩猎的难度和危险度选出，国际狩猎俱乐部奖励集齐五种猎物的猎手，设有“非洲五霸大满贯”的奖项。

“你看你看！是黑犀牛啊！”

“是啊是啊，那么黑！是黑犀牛。”

“猎豹都看到了，五霸都看齐啦！”

“那头大公象的牙真不赖！”

“你怎么知道它是公的？”

“废话，难道母象有象牙吗？”

我们的团友都有丰富的野生动物知识，每当他们兴奋地谈论着新鲜的动物时，史蒂夫都会笑而不语。我忍不住问他在笑些什么，他才给我详细解释。

“你们很幸运，一出发就看到了黑犀牛。这是马赛马拉最难见到的动物，

整个保护区 1500 平方公里，只有 20 多头。但是，叫它黑犀牛不是因为它是黑色的，同样，白犀牛也不是白色的。黑白犀牛的说法是从荷兰传来的口误，荷兰人说的宽被我们听成了白，所以把宽嘴犀牛误会为‘白犀牛’，尖嘴犀牛就顺理成章地被叫作‘黑犀牛’了。你看，这头犀牛的嘴很尖，因为黑犀牛吃的是嫩叶子，需要灵巧的嘴摘下来才能吃到。白犀牛的嘴则像割草机一样，吃的是草。”这么复杂，我也懒得给团友翻译了。

“那么，屁股上长甲的电影里的坏角色，都是什么犀牛？黑犀牛的屁股上可没有甲。”我印象中的犀牛总是一副装甲部队的形象。

“有一种印度犀牛，可能是你说的那种。”史蒂夫真是渊博。

“快看！尿了，尿了！”团友们站起来大喊。四驱车的顶棚已经升高，大家都可以站起来观看巨兽，史蒂夫赶紧回头制止他们。在马赛马拉，高喊、吹口哨、发怪声、敲车窗等任何滋扰动物的行为都是违规行为，被保护区发现会处以高额罚款。

与其说是在尿尿，不如说黑犀牛在像吹竹箭一样奋力吹出一大泡尿。黑犀牛和狗一样，也有到处占地盘的习惯，用臭迹表明身份。“声音会消失，但气味却留了下来。只有小便是永恒的。”

“至于大象，非洲象无论公母都有象牙，这是和亚洲象最大的不同。”

我记得在《夜航西飞》中，柏瑞尔提到象的聪明劲：一群大象会背对着猎人，把有巨大象牙的头象藏在象群里，让猎人无法确定目标。死去的大象尸体也会被藏起来，不给觊觎象牙的人可乘之机。这是真的吗？

“大象是特别聪明的动物。有人说它们会为死去的同伴建秘密墓地，尸体被放在一片圆形地面的中心，四周都没有草。但是那些大象不是事先就准备好墓地的，而是在死象的四周一点儿一点儿地把草啃完，直到啃出一个圆之后，象群才离开。虽然事后找到时，它们会觉得是某种神秘的图腾象征。”史蒂夫尽量回答我。

一趟游猎几乎看全了所有的五霸——除了花豹，只看到了猎豹。花豹、猎豹，傻傻分不清楚的大有人在，我就是其中之一。其实两种豹放在一起看很容易区分，猎豹看起来更加瘦长、高挑，脑门更平一些，造型十分流线，总有两条泪痕；而花豹则圆头圆脑的，更像老虎一些，而且斑点更大更圆。从栖息习惯上来看，猎豹习惯生活在一览无余的空地，比如大荒漠、大草原和灌木丛里；花豹则更喜欢上树，把猎物藏在树上，也常在树上睡觉。

眼前的两头猎豹瘦长优雅，看它们胀鼓鼓的肚皮应该是刚刚吃饱，不知道里面装的是哪种羚。它们满不在乎地在四驱车的包围下喝水、打盹。成双成对活动的两头体形相近的猎豹很可能是同一窝的兄弟，因为母猎豹通常是独行侠，不和同性一起行动，除非是带着自己的幼崽。在幼崽出生头一年半的时间里，母豹会倾力传授给幼崽各种生存和捕猎技能，一年半之后，母豹离开，幼崽中的姐妹也会在半年后相继离开，只剩下兄弟们生活在一起。

也看到了五霸当中最危险的水牛，它们脑门上的角座连子弹都打不穿，这种号称“非洲黑死病”和“寡妇制造者”的动物是非洲头号杀手，一年大概要杀死两百人，我猜，其中有不少是肯尼亚北部的尼洛特牧民；也看到了狮子，三头母狮在我们的四驱车旁闲庭信步，离我最近的只有一个车头的距离，母狮的腿上和下腹部还有没完全褪去的淡斑，史蒂夫说，因为她们还不满三岁；还有紫胸佛法僧——肯尼亚的国鸟，它的身上有彩虹的七种颜色，在刺蓟灌木顶十分显眼……

但这就是马赛马拉了吗？

没有拿着长矛的马赛人匪夷所思地站在平顶的金合欢树上，极目远眺属于他的土地。

在印度之旅中结交的好友智明写信给我：

“丫头，一直有种画面是，你正对着肯尼亚的草原，傍晚之时，橙红的太阳就挂在地平线上，那么大那么圆，羚羊们安静地啃食晚餐，抬头一望，半天全是不知名的鸟群，以优美的角度划出苍穹的拱顶。”

也没有这种画面。

上车，司机间无线电联系找动物，各司机赶往动物出没地，停车拍照，驱车离开，这就是马赛马拉了。

你没有时间与优雅的长颈鹿长久地相互凝视，也不能屏息等待狮子转过头一瞬间的完美，甚至是与一群水牛对峙时的胆战心惊，你也不会有机会体验。最浪漫的非洲步行狩猎时代已经过去，这里的天空和草原不属于你，你只是一个强行闯入者，和至少四五十人一道，用长枪短炮逼近那些生灵，追踪它们，只为一个最佳镜头。

人们失去了一种耐心，一种和动物同步的耐心，也就是凯伦·布里克森所说的静止的资质——与风同行，与草原上的颜色和气味相融的资质。

标准化的游猎之旅粗暴地简化了一切。

不如归于想象。

3. 如今的马赛人

曾经是草原上让人闻风丧胆的莫兰（moran，武士）和偷牛贼，曾认为世界上所有的牛都是恩盖（Ngai，马赛人心中唯一的神）对他们的赐予，曾蔑视一切地域界限，拒绝肯尼亚和坦桑尼亚政府为他们做出任何安置的马赛人，现在站在奇可洛的大堂，为自助餐后的客人表演阿杜木跳高舞。现在的马赛人，是肯尼亚原始部落中最易接近的一个群体，与马赛马拉一起成为肯尼亚旅游业的代言人。

他们依旧穿着轮胎底做成的凉鞋，披着红格子布的斗篷，手拿龙古木杖（rungu），按传统方式围成半圆。年轻的莫兰们依次走进中心，开始不费力地跳高。但他们至少都听得懂甚至可以说英语了，都不再惧怕摄影器材，可以搭着东欧老太太的肩膀露出洁白的笑容，在美国游客的要求下使用相机了。

姆皮雷是其中身材最颀长、跳得最高的莫兰。他把龙古木杖递给我，我自然地接过来，其他的莫兰便都起哄地笑了。“你接了我的龙古，就是愿意做我的妻子。”姆皮雷用流利的英语和我调侃。“你有几个妻子？”“三个。”“那我也要三个丈夫。”“那不行。”

他护送我回木屋，手里紧紧攥着他的木杖。“如果有什么动物蹿出来，我可以保护你。天黑不能乱跑，很多动物会伤人。”奇可洛是没有围墙的酒店，所有动物都有可能在入夜后潜入旅馆。

然后我便看见了它们。

深夜 11 点半，它们来了。在酒店的草地上慢悠悠地散步，黄色路灯投下的光影和夜雾氤氲中，它们像是秘境里的独角兽。一共 12 只。

我尽量屏住呼吸，放轻脚步，想悄悄地再走近它们一些。不知是由于我的呼吸太粗重还是它们的听觉天生过于灵敏，它们发现了我。整个群体并没有显出应有的受惊神色，甚至连看我一眼都没有，它们只是开始看似漫不经心但不失警惕地向远离我的方向移动，脚步轻盈无声，伴随着窸窸窣窣的啃草声。

只有一只，在与我 20 步左右的距离驻足，它缓慢而完美地回过头来，给我最后的凝视。

第三章 上国

“非洲的灵魂，它的完整，它缓慢而坚韧的生命脉搏，它独有的韵律，却没有任何闯入者可以体会，除非你在童年时就已浸淫于它绵延不绝的平缓节奏。否则，你就像一个旁观者，观看着马赛人的战斗舞蹈，却对其音乐和舞步的含义一无所知。”

——柏瑞尔·马卡姆《夜航西飞》

1. 前往伊西奥洛

马赛人不是肯尼亚唯一的部落。

肯尼亚的部族超过 40 个，分成三大语系：班图语系的农民、尼洛特语系的牧民和库希特语系的外来人口。著名的马赛人和桑布鲁人、图尔卡纳人一样，属于平原尼洛特人；高原尼洛特人包括卡伦金人和波科特人；湖河尼洛特人则以奥巴马生父的部族卢奥为代表。说库希特语的埃勒摩洛人、朗迪耶人、博拉纳人、加布拉人和尼洛特人一道，生活在肯尼亚北部的荒漠。

“挥舞的长矛、泼墨般的色彩、鲜艳的羽毛头饰和刺激眼球的血红色长袍。”这是《孤独星球》对肯尼亚北部——上国的描述。虽然种种恐怖传闻不绝于耳，包括凶悍的游牧民风、非法枪支的泛滥、为了抢牛不时发生死伤的部落冲突、索马里强盗的猖獗、袭击外国人的武装团伙、疑似基地组织的恐怖分子、基本为零的公路交通……凡此种种，无一能浇灭我对北部的一腔向往。

“你怎么去？”小天问我。

说此话时，我们还坐在奇可洛装饰得美轮美奂的酒店大堂里，小天是肯尼亚中国旅行社的帅哥导游——特别插播，感谢肯中旅的父老乡亲们让我免费搭了一次“便机”，蹭了《动物天堂肯尼亚》作者张远翔先生的专机，将5小时的吉普车程化为短短50分钟。短短50分钟的航程要200多美元哇！果然时间就是金钱。

“我知道有个摄影团最近要去图尔卡纳湖附近拍部落人像，但人家是自己开飞机去，当天去当天回，一天都不敢多留。你这样的怎么去？”小天又打量我一番。

“我哪样的？我坐马他突去。”我输人不输阵，其实心里默默知道，马他突在第一站伊西奥洛（Isiolo）就已经到了尽头。虽说“车到山前必有路”，但后面的行程是根本没有车，连路都没有。

“你就自求多福吧。要是能不掉皮不掉肉地回来，我就请你吃火锅。”这是小天给我的最美好的祝愿。

好吧，就算是为了火锅。

马他突——肯尼亚最伟大的发明之一。

肯尼亚拥有全世界最高的交通事故率，平均每一千辆车中就会发生五起死亡事故，比位居第二的南非高出整整一倍。其中大多数与横冲直撞的马他突有关——“大多数马他突的事故都是正面撞击，司机旁边绝对是死亡之地。”《孤独星球》这样告诫。

但是当穿着暗红马甲的售票员毕恭毕敬地将司机旁的车门打开，把你的大包丢在地板上，邀请你坐在这个最为尊贵的位子上时，你还是欣然接受了。

因为你绝对不想走到后车厢，和另外五个人一起挤在同一条铺有不散热海绵垫的三人长凳上，一边听着声音大到破音的永远美滋滋的班加音乐，一边目睹嚼阿拉伯兴奋草嚼到两眼血红的司机不减速地侧着车身杀上路肩，一边还要在腰弯成了直角整个脸已经凑在你隔壁乘客鼻尖的臭汗津津的售票员鬼鬼祟祟点着你的肩头时，冒着摸进隔壁人的口袋的风险，从兜里掏出几张湿乎乎的纸币来付车钱……比起上述种种，你宁愿承受死亡之地的威胁。

没有人抱怨。大多数人都兴高采烈地含着棒棒糖。大家热爱它的程度高得超乎想象，让我都忍不住从伸进马他突的小贩的手上拿了一支。

经过了锡卡、马库尤、涅里、纳罗莫鲁和纳纽基，短短的五个小时后，我们就到了伊西奥洛——上国的第一站，现代文明的最后一站。

很容易就找到了“共和国寄宿处”，就在离汽车总站不远的地方。极目远眺，没有游人。我略带紧张地从十来个蹲着的男人中间穿过，走进接待处昏暗的办公室。桌上散落着破本子和强力胶，坐在桌前的男人看上去眼神涣散，以一种间隔诡异的悠长节奏讲话：“我是老板阿卜迪，你要什么？”

阿卜迪漫不经心地领我参观了类似集体大院的宿舍，大多是两人间，从铁栏杆窗口望进去十分简陋，灰头土脸的男人从公共浴室走出来，感觉上是民工的临时住宿点。“要是你想自己一个人住，我也有单间，在隔壁大院。”

隔壁大院看起来像私人住宅，大铁门，停了破吉普，一个眼睛有点斜、瘦得吓人的男人在擦车，对我似笑非笑了一下。两层的“同”字楼。我被一个神情倦怠的女人领着走上“同”字的右臂二层。三平米大的房间，自带卫浴——虽然简单，但还算干净。女人说，给我1000先令。我大惊，北部怎么这么贵？回到办公室，老板阿卜迪问我对价格还满意吗，我说太贵。他说，那就500先令好了——就这么轻易，连价都不用还。然后他翻开旅行者登记名册给我看，最近一次有外国名字的登记也在两个月前了。这里是完全不具备旅游条件的偏远小镇。

伊西奥洛是一种怎样的感觉？它是那种不管你走到哪里都希望赶紧跑回旅馆的地方。哪里都风沙滚滚，哪里看上去都不像可以吃些什么或者坐下歇歇的安全地方，人们要么假装看不见你，要么对你好奇得过分。

2. 爱你的邻居，像爱你自己

我可没有期待在北部能遇上什么旅游者，我来这儿是看部落人的（我承认，那时的我还不那么“政治正确”，提起部落总有种去看史前巨兽的稀罕劲）。所以我让倦怠女人的小儿子波罗带我去部落集中的大市场逛一逛。教师罢工，他的暑假已经多放了一个星期。

他们家是博拉纳人——奥莫罗人的一个分支，他和妈妈哈碧芭每天从村子里步行到“共和国”，妈妈打扫卫生，他去上学，擦车的斜眼男人是他的叔叔。“他病得很厉害，可能要死了。”波罗若无其事地说。

即使不是因为罢工，波罗也不愿意去上学。“大男孩打我，所以我就不去。”波罗长得瘦瘦小小，但看上去聪明伶俐。我觉得哈碧芭在旅馆帮工应该比牧牛要赚得多些，但波罗衣领上破的洞一路烂到背上。“哈碧芭知道你逃学吗？”“没人知道。我会躲开他们。”

波罗带我逛电影院，门口贴着的是甄子丹的系列电影海报，黑幽幽的房间里伸出一只粗糙的手要拉我进去；他带我去隐蔽的水果店吃沙拉，好多人都在吃，苍蝇乱飞；带我去看街头艺人讲笑话，我一个字也听不懂。波罗把他认为最有趣的伊西奥洛一一展示给我看。

我们正在大市场闲逛时，一辆白色的小绵羊突然停在我们跟前。两人把头盔拿下来——竟然是白人！

“你在这里干什么？！”后面老一些的白人大叔惊奇地问我。

“你们在这里干什么？”我对他的惊奇也很惊奇。

“这个镇上就没有我不知道的外国人。你是刚到的吧？怎么一个人在这里晃？”大叔问。

“我不是一个人，有波罗带着我呢……”我回头去找波罗，他不知道什么时候不见了。我腰杆儿不硬地说：“好吧，我就是一个观光客，你们呢？”

“我在这里有一所孤儿院。我叫保罗，波兰人。他是克里斯，德国来的。”

孤儿院！在米利玛尼旅馆住宿时，我曾问过店员怎么能到伊西奥洛，她十分好奇地反问我：“伊西奥洛在中国很有名吗？为什么每个中国人都要去伊西奥洛？和你同房的两个中国女孩已经去过了，说是有家孤儿院在那里。”

“所以你就是小缪的朋友？”人一下都对上了。

“你认识缪！”保罗也吓了一跳，“上车！我们好好聊一下。”

我就被前面的德国小伙克里斯和后面的波兰大叔保罗夹着，小绵羊一路突突去了博门酒店。据说这家酒店是各国非政府组织在伊西奥洛最喜欢的落脚地，拥有全镇最明亮、最舒适也最价格不菲的房间。于是所有的外国人都聚在一起了——一共五个：

开儿童收容中心的保罗；保罗的沙发招待客，骑小绵羊环游世界的德国小伙克里斯；克里斯的同行旅伴，骑重型机车的德国旅行摄影师法兰克；英国某地图绘制公司的勘测员汤姆；还有我。最后法兰克的本地女友普瑞希拉也姗姗来迟。

“北边还有两个外国人。但那对夫妇最近回爱尔兰了。”保罗点了一下人头。

“为了穆宗古。”

“为了穆宗古。”

大家举杯庆贺。

其实保罗口中的缪是我在米利玛尼旅馆的短暂室友，她和另一个叫乐薇的女孩都住在新西兰，和保罗也只是从沙发冲浪网站上认识的。她们在他的儿童中心住了两天。

“儿童中心的名字是 Fursa，斯瓦希里语里‘机会’的意思。”保罗的英文有些吃力，向我解释，“你应该来看看，或者住在我那里都可以。克里斯明天一早和法兰克出发去莫亚莱（Moyale），你可以睡他的床……今晚大家都来我的住处吧，我煮金枪鱼意大利面。”

克里斯留下来和法兰克研究路线。前往莫亚莱的路崎岖难行，小镇是肯尼亚和埃塞俄比亚的陆路边境所在，除非要继续北上，否则没有人会专门去那里。虽然我也一度计划从第二站马萨比特（Marsabit）继续往莫亚莱走，去看看黑暗平原和外星一样的小镇是什么样的，但必须从那里原路返回让我心烦意乱。

保罗带我去看他的新的儿童中心。他讲英文的口音十分有趣，所有的疑问句只是将陈述句的语气调整声调，露出征询的表情，然后在末尾加上一声上挑的“耶？”所以他发出邀请时是这样：“我带你去看新的儿童中心，耶？”你就默认了。

新的儿童中心在马以利塔图区，伊西奥洛镇西南方向 50 公里处。保罗借了一辆摩托车，开了一个多小时才到。远远就看到一栋砌好的平房，外墙已经修整好，涂有童稚笔触的彩色画，内部还没有装修。“会分成男生宿舍和女生宿舍，有厨房和餐厅。后面是有机农场，前面有一口水井，才打出水来。电会从一百米都不到的小学拉过来。等学校开始招生后，我的孩子们上学只要走五分钟的路。我买下了这块地，四亩。生态农场的菜可以做孩子们的食物，也可以供应给伊西奥洛镇……”保罗在孜孜不倦地向我介绍，“现在旧的那个有 46 个孩子，等到新的开门，就可以容纳 80 多个孩子了。”

我其实没有很认真地听，因为跟着他走了一路荆棘地，我的“人”字拖扎了一脚底板的刺，刺刺入心。我实在忍不住，要求坐在石块上拔刺。他一把就把我扛起来，扛到房里的木凳上放下来，然后很奇妙地不知从哪里拿出一部笔记本电脑，放映他的《搭车去自由》（*Hitchhike to Freedom*）的短片，讲述他是怎样一步步地从波兰移民到英国，到放弃酒店经理的工作，到搭车横穿亚欧大陆，再到抵达非洲，遇见意大利女士罗珊娜，到开始一肩揽下 Fursa 儿童中心。

可是我只觉得麻木，我既不觉得震撼，也不觉得感动。他说小缪在看到帐篷搭起来的学校时哭了，可我哭不出来，我见过比这更糟的景象。

“他们来看过新的儿童中心吗？”我指那些孩子。

“他们和我一起散步来过，都很喜欢这里。大概还有一年，就可以搬过来了。”

50 公里的路，小孩子们就散步一样一路走过来。

“你别小看他们，他们去哪里都是走路，体力比我们好得多。”

因为难得有摩托车，保罗想把重要的事情都办完。于是我们又折回镇上，沿着 A2 公路一路往北骑，到一个叫作噶莱马拉的地方，这里是爱尔兰夫妇开的图尔卡纳儿童救助中心，像模像样，有明亮的教室、学生宿舍和教职工办公室，俨然一所正规小学。保罗是来向有经验的人士求助的。“新来的两个女孩，脚指头被 jigas 咬得不像样子。”保罗拿出手机照片给他们看，“你们都用什么办法治？你知道我没有太多钱。”

我看了一眼照片，头皮都发麻。照片上，女孩的脚指甲已经被完全钻空，指头上全是坑坑洼洼的黑洞，这还是脚吗？！说自己有密集恐惧症的人恐怕要晕过去。

“Jigas”到底是什么？保罗的英语没法儿向我解释清楚，但他恨“jigas”恨得牙痒痒，说狠心的邻居们就看着这两个没父没母的小姐妹被虫子活活吃掉，家里还有一个瞎眼的老奶奶，什么都管不了。两个女孩自己走来儿童中心的时候，姐姐的眼睛流着脓，妹妹则直喊脚指头疼。

“最简单的方法就是用石蜡泡热水，每天晚上睡前给她们泡一次。不要碰伤口，也不要让其他的小孩子碰到。要隔离。”

回国后我才查出来，这种吃人的小动物叫作“jiggers”，俗名叫作“沙蚤”，学名是“穿皮潜蚤”，在撒哈拉以南非洲、南亚和拉丁美洲都有，但目前非洲的受害人最多。这种世界上最小的蚤生活在沙土地里，潜入真皮层繁殖，直接从血管里吸血。它们不只啃食人的脚，牛、羊、狗也不放过。因为被寄生的孩子多是穿不起鞋的，家里也铺不起水泥地，长年赤脚踩在沙地上，沙蚤极易从脚趾进入身体。被沙蚤寄生的宿主不会死，但极容易二次感染，得破伤风、坏疽或其他致命的病。

有沙蚤的两姐妹是克里斯汀和希罗，她们找到 Fursa 儿童中心也只是两天前的事。按照流程，义工去她们村了解情况，发现确实没有亲戚有能力照顾她们，向保罗汇报之后，今天才正式接纳她们俩加入中心。中心现在有 46 个孩子了。

为了准备晚餐，保罗带着我跑遍整个镇上的大小超市，只搜刮到两盒金枪鱼酱。

老 Fursa 就在大市场的背后，经过一个体育场、一片荒野，拐进一条小巷。铁门内是一小块黄土的平地，是集合的场所；左边的小木屋是大男孩的宿舍，正中的平房有两间，分别是男孩宿舍和女孩宿舍；一个大的圆筒蓄水箱立在厨房边；保罗的住所和厨房很近，也是一栋平房，游廊的水磨石地板擦得锃亮，外面是客厅，里面则是他的房间和一间客房。

克里斯已经回来了，在擦拭他的爱车。孩子们都围在他的四周，大眼瞪小眼地看他。他自称是机械师，车子在路上无论出了什么问题都能自己搞定，还说自己收藏有全部颜色的小绵羊。

“粉色的也有？”我挑衅地问。

他眯着眼鄙视地看我：“就知道你要问这个。还真有，在德国的家里。”

“你叫什么名字？”一个穿绿色T恤的男孩问我。

“Trix（特丽克斯）。”

“你是缪的姐妹吗？”

“我认识她。”

“一会儿他们会再问你一遍。”克里斯悄悄地给我使眼色。“我叫什么名字？”他问四周蹲着的小朋友们，小朋友们摇摇头表示不知道。克里斯苦笑着说，你们可是问过我无数遍了。

志愿者来来去去，最长的待几个星期，最短的如克里斯和我只待两三天，想让这些孩子记住所有的异国名字是不现实的。

他们对修车的德国人的兴趣很快就转移到了我的身上。“你会功夫吗？”“你认识Jackie Chan（成龙）吗？”“你认识Jet Lee（李连杰）吗？”现在轮到我一脸苦笑了。

迄今为止，我进入肯尼亚后最常被问到的三个系列问题是：一、你是来修路的吗？二、你会功夫吗？三、你吃狗肉吗？

修路系列问题不仅仅局限于修路。“你是来考察的吗？”“你是来做研究的吗？”“你是来勘矿的？”让我羞愧地觉得来旅游实在是最没出息的答案。功夫系列的问题还包括空手道、柔道、飞天遁地水上漂，以及是否认识成龙、李连杰和甄子丹，中国动作片传遍世界的同时，也为中国的旅行者带来了江湖名气。狗肉系列则包括一切本地人认为恶心的食物，比如所有海鲜——章鱼、虾、蟹等，以及蛇肉和青蛙。

保罗让孩子们为来访的客人表演。四十来个孩子全部站在院子里，最小的只有三四岁，最大的有十六岁，站成三排，领头的是个大男孩。他们拍着手唱斯瓦希里歌曲，我隐约听出歌词里有“挖豆豆”这个词。这首歌在说什么？

“Watoto是斯语‘孩子’的意思。请世界不要忘记非洲的孩子，我们还在挨饿。”大男孩说。

所谓的客人，其实只有我一个。法兰克和普瑞希拉到了之后就闪进客厅，在里面放起了爵士乐，再也没出来过；克里斯和汤姆因为不愿喝常温啤酒，骑着摩托去镇上找酒吧了。20分钟后，他们搬了一整箱塔斯克啤酒回来，冻得滴水。

唱完了两首歌，孩子们表演图尔卡纳舞，与马赛人的跳高舞有些类似，也是跳跃的舞蹈。然后他们转移到游廊上跳街舞，每个小朋友都要到中间扭一段，虽然被推进去的时候都很害羞，但哪怕最小的男孩都扭得有模有样。

没有人在乎。客人们在里面大饮啤酒，谈天说地。

天已经全黑。厨娘让孩子们排队洗手吃饭。46个孩子呼啦啦地全都挤进了游廊，贴着墙根坐在水磨石地上。厨娘从矮墙墙头递进来一个个铝盆，盆里是一团炖甘蓝和乌咖喱。接过饭盆的孩子们大喇喇地用手抓着乌咖喱往嘴里塞，吃得一头一脸都是白渣。没有人讲话，只有狼吞虎咽的咀嚼声和沙沙的衣服摩擦声。有的女孩边吃边从嘴里丢东西出来，可能是甘蓝的硬茎，甩得一地都是；有些更小的孩童不会自己吃饭，就等着大不了多少的孩子吃完再塞给他们；大些的男孩坐在另一侧的地上，看到我在看他们，都有了青春期的羞涩，稍显斯文地往嘴里送着食物。

客厅的灯光泻在游廊的地上，里面的音乐传出来，是鲍勃·马利的《唯一的爱》，听得到克里斯和汤姆的笑声及酒瓶的碰撞声。今天里面餐桌的菜单是金枪鱼意大利面配番茄卷心菜牛油果沙拉。

只是一道游廊之隔。

“我刚来的时候，他们用桶吃饭，所有人都在桶里吃。至少现在都有自己的饭盆。”保罗在我身后说，“一会儿他们吃完，你给他们分饼干。每人三块。”

整个吃饭的过程可能只用了10分钟。地上有食物的残渣，踢得满地的鞋子，沾了乌咖喱的翻倒的铝盆。孩子们重新排好队，等着派发饼干。只是最普通的绿色包装家庭牌原味饼干，在马他突车站随处可见，不到20先令就可以买上一长条。饼干的包装都还没有拆开，一只只小手就已经伸在我手边等着要了。也有孩子争抢，抢到饼干的孩子得意地在旁边飞快地把饼干塞进嘴里，小小的孩子则仰着头，泪光闪闪地期待。

我做不了这事。正好普瑞希拉出来，我赶紧把分发的活儿交给她，自己只是低着头，默默地拆包装。

饭前还在和我一起唱歌跳舞的孩子，刚才还让我觉得与之平等的孩子，在奢侈的零食面前现出了一种让我陌生的急迫渴求。只是三块饼干，可以让他们发自内心地高兴，也会引发一本正经的争夺。他们与我终究是一样的，不过底线不同，一个只在乎身体感官的即刻满足，另一个则要剥开层层肌理去寻找答案。身后的保罗或许已经习惯这一切，也已经习惯于站立着伸出施舍的手；身旁的普瑞希拉也已经习惯于这一切，她或许也这样生活过。但我做不了这事。我看不得他们用那样渴求的眼光盯着我手中的诱惑，似乎我本身也在其中急切仰望。

明天就要搬进Fursa，不知道会不会是个错误。

带着所有的行李，我搬出“共和国”，没等我搬入儿童中心就已经开始执行第一项任务——和保罗一起领着克里斯汀去医院看眼疾。相比她被沙蚤咬得千疮百孔的脚，不停流泪流脓的眼睛似乎更是当务之急。

和我一起坐在后座的社工穆罕默德还是大学生，在 Fursa 义务志愿，负责收容儿童的家庭背景调查。克里斯汀带着妹妹来中心的第二天，他就出发去她们的村里，确认确实是没有成年亲属有能力照顾她们之后，才向保罗汇报，建议收容。

Fursa 中心的孩子大多是街头儿童，流浪时被保罗或其他人发现，进行背景调查后带回来，提供住宿、食物、基本教育、医疗和康复咨询。他们不一定是孤儿，其中的一些可能家人都健在，但这些家人无一例外本身缺乏照顾儿童的能力，甚至自顾不暇。除去最单纯的贫困境况，还可能是单亲家庭、一方再婚后原配偶的孩子被驱逐、家庭暴力、吸毒或酗酒、性虐待、患有疾病（通常是艾滋病）或者沟通障碍。

吸毒与酗酒在伊西奥洛不稀奇。“共和国寄宿处”的老板阿卜迪神情恍惚，讲话节奏古怪，直接原因就是桌上的强力胶。吸胶是最普遍的吸入剂滥用现象，不只是大人，街边的修鞋人甚至会把强力胶以极便宜的价格卖给街头儿童。Fursa 的儿童中也有一些有吸胶依赖，因此需要义工和保罗的监督和心理辅导。所以，不是每个孩子都心甘情愿在 Fursa 住下，一些孩子跑来，编造些瞎话，住上几天，混口饭吃，又趁看门人不注意时跑得无影无踪。

“他们不愿意待在 Fursa，宁愿在街上做些体力零工挣工钱，有了工钱又可以去买胶。但在 Fursa 他们必须守规矩。”穆罕默德说。

镇医院倒还算敞亮整洁，比起医院更像是幼儿园。保罗和穆罕默德为了挂号跑来跑去，根本顾不上走路都困难的矮小的克里斯汀，我就自告奋勇带着她在眼科旁等他们。她穿着过大的红 T 恤，领口不时从肩膀滑下来，一条辨不出花色的及膝裙子，胳膊上蒙着一层不知是白灰还是皮屑的东西，右手一直挤揉着右眼，右眼则不停地流出黏稠液体。她一直用脏兮兮的袖口擦眼睛。我连她的五官都看不清楚，全部皱成一团，显出痛苦的神情。

我从药房要了一张纸巾，递给她擦眼睛，告诉她不许再用手，然后给了她一颗糖。她一声不吭地接受了。没有对视的回应，也没有任何表情。

医生说她是风沙引起的眼病，加上用手不卫生引发炎症，开了眼药水。保罗拿着长长的账单，包括登记费、挂号费、诊询费、医药费，叹了一口气。

回到 Fursa，我把大包扔上了克里斯的床。他一大早就和法兰克上路了。“普瑞希拉怎么办？”我问保罗。他只是讳莫如深地笑了笑。

院子里突然吵闹起来，我们赶紧出去看。是厨娘法丽达嬷嬷。她嘴里骂骂咧咧的，站都站不稳，冲着院子里零星的几个孩子发火。保罗让所有的孩子都回房间，小小的脑袋挤在门缝里往外偷看。

“你也进去。”保罗命令我。我没动。法丽达嬷嬷开始对着我说些莫名其妙的话，什么“你们中国人……”，后面的我听不明白，然后是“不要跟我讲什么英语……”，然后是“朗姆”。

“她喝得烂醉，在发酒疯，你进屋。”保罗再一次命令我。

我不情愿地挪回客厅，像其他孩子一样，盯着成年人间的僵持。法丽达嬷嬷似乎对保罗很不满，面对这个醉酒的三十来岁的女人，保罗既语言不通，又手足无措，还气愤难当。

“穆罕默德，你让她走，不要再回来！这不是她第一次喝醉了，我怎么和她说的，酗酒的人不许在Fursa工作。”保罗只能让穆罕默德当翻译。

法丽达嬷嬷不愿意走，一直在嘟嘟囔囔骂骂咧咧。“她说她不走，她要加工资……”穆罕默德转述她的话，显然他对一个女人也不能怎么样。

“我才给她加过工资，又找我要！让她赶紧离开，我不想再见到她。”保罗转身回到客厅。

法丽达嬷嬷在院子里闹腾了很长时间，踢球回来的孩子们看到这样的场景，惊讶地问我发生了什么。我只是如实回答。

“我最不想让孩子看到的就是这样。酗酒！这样的大人会给他们造成什么影响！”保罗很生气，气得手都在抖。我不是第一次看到他的手抖得这样厉害。虽然认识的时间不长，但我从来没见过他笑，也很少看到他和谁开玩笑，总是一副无论发生什么事都一个人死扛的坚忍劲，但明显感觉到他力不从心。这里所有的开支都是他一己承担，再有就是依靠社会捐赠。他是四十来个孩子的爸爸，却很难和他们建立起一种互相信任的关系，孩子们的年龄普遍都偏小，不能理解保罗的苦衷。我看到他在很努力地将一些小事做好，比如一笔笔地计算出这个月的账单——他戴上老花镜，在计算器上一个数字一个数字地按按钮，然后写在笔记本上。看得我一阵心酸。他可能四十岁都不到，却被一种沉重压得透不过气来，我隐约觉得，还差最后一根稻草。

法丽达嬷嬷被赶走后，孩子们表现出异乎寻常的成熟老练。大些的孩子都自觉地在厨房里忙活，男孩子们劈柴烧火，准备煮乌咖喱；女孩子们抱出一大筐带泥的甘蓝，我也帮忙择菜，择完直接丢进盆里。女孩每人手里拿上一把甘蓝，捏着没有刀把的刀片把它削成细丝。他们来到Fursa前，也都是这样照顾自己的，甚至照顾父母。

大男孩们都已经可以用英文和我说笑了，但他们更关心的是中国人怎么生活。“中国孩子可以买酒吗？肯尼亚规定要十八岁才能买酒和喝酒。”“中国有非洲人吗？中国人喜欢我们吗？”“你来自哪里？像内罗毕一样繁华吗？”“你有兄弟姐妹吗？有几个？”

这些简单的问题我却难以回答。中国孩子不用借酒消愁，他们除了考试和升学没有其他大不了的烦心事，有的孩子还会因为考不好而自杀，这对很多上不了学的孩童怎么解释？中国有非洲人，广州就有很多，但是有些中国人管他们叫“老黑”，中国人又为什么瞧不起黑人呢？我居住的城市比内罗毕还要繁华，还要富裕，但要如何描述呢？中国的儿童大多没有兄弟姐妹，因为有计划生育政策，一个家庭生太多的孩子只会变得贫穷，但要怎么向出生在有十个兄弟姐妹家庭的孩子说明呢？

晚饭后他们都自觉地钻进小屋睡觉。都是上下铺，好几个孩子挤在一张床上，被隔离的克里斯汀和希罗两姐妹占了一张床。Fursa 没有自来水，孩子们的厕所是木板房里地上挖的一个洞，我进去一次就要被熏倒了；洗澡的地方则是一个吊脚的木箱子，提着一桶水进去蹲着洗。下午我趁他们出去踢球的时间跑回“共和国寄宿处”，就着凉水冲了个澡，上了个厕所，个人的卫生状况还不算太糟。但圆筒水箱里贮存的水似乎已经用完了，我连手都没地方洗，只能用剩下的一点儿矿泉水漱了漱口。保罗是怎么在这样的环境里一待数年的？

小孩子们被赶进自己的宿舍后，保罗邀请了六个男孩进入“内圈”与我们一同吃晚饭。“要让他们建立起责任感，我一个人做不来。”

他们是：很聪明的托尼，在Fursa已经待了近七年，现在在读中学，和我聊起天来滔滔不绝又不失分寸；害羞的查尔斯，是每个小团体中都会有一个的憨大哥；心事重重、一言不发的恩布，他刚卖力地劈完柴，和托尼是好朋友；两个小一点儿的男孩安东尼和纳罗克，健壮的足球小将和跑腿小伙计，保罗日常需要的香烟、冻水、土豆、盐什么的都由纳罗克负责采买；最后是戴着画家帽的詹姆斯。

我不知道对于男孩们来说，进入“内圈”是不是一种殊荣，只有托尼表现出了一点儿轻松感，其余的五个男孩几乎一致地凝重。保罗不苟言笑地将意粉分到了每个人的盘中，大家只是吸溜地吃着细长的面条，没有人说话。保罗几乎视我为无物，对每个男孩语重心长地强调晚宴的主旨：在座的是这个儿童中心最优秀的群体，要为更小的孩子做榜样。希望你们每个人都能成才，让儿童中心骄傲。

詹姆斯只是默默地卷着意粉，几乎不往嘴里送；托尼点着头，露出赞同的神色，这男孩以后一定很会交际；恩布则是由头至尾没有说过一句话；查尔斯有时会和我眼神一交会，就羞涩地低下头去。两个小孩则吃得心花怒放，把詹姆斯没动过的通通倒进自己的盘子里。

下午我们玩拍手的游戏，几乎所有的孩子都围成圈，拍一次手是继续轮到下一个人，拍两次手是逆转回到上一个人，谁的反应慢谁就被淘汰，奖品是一根棒棒糖。我和保罗都参与其中，在我和众小朋友的协力合作下，保罗被踢出局，大家一起过来和我击掌欢呼。也是从游戏中，我发现了很聪明的几个孩子，还有很天真的几个，不太灵活的，和喜欢耍赖的。詹姆斯是三次游戏中的两次冠军，把他的棒棒糖分了一根给一个女孩，所以我留意到了这个戴画家帽的聪明又沉默的男孩。

“你为什么不吃意粉？不喜欢吗？”我碰了一下他，问。男孩们的“内圈”晚宴已经结束，都被保罗要求回到自己的小屋。詹姆斯叼了根草秆，坐在游廊旁的黑暗里。

“我不想变成胖子，所以不吃超出我饭量的食物。”他的回答很让我惊讶。在食物常常匮乏的环境里，他竟然有意识地在注意自己的饮食。

詹姆斯的父母都在2010年过世了，母亲是他最爱的人。“她病了很久，没有人顾得上我，所以我住进Fursa。有一天晚上，我梦见妈妈死了，第二天早上我就跑回家，他们已经在埋葬她。我在土上面挖啊，挖啊，可是再也看不见她的脸。”

我几乎没见詹姆斯笑过，即使他赢得了两次游戏，都没有笑过一次。在Fursa，没有双亲的孩子很多，也有孩子恨自己的父母，那些酗酒的、打小孩的、不顾家庭的，但像詹姆斯这样对妈妈依旧保有着的深刻依恋，我在其他孩子身上没有觉察到。但我只是个过客，不能为他带来彻底的改变，最好的方式只能是让他在自己的环境里更加适应一些。我说：“如果你觉得心里很难受，可以和保罗聊一聊，相信他可以给你一些建议。”

“我其实没和保罗说过几句话，我甚至都不知道他记不记得我的名字。保罗每天都很忙，没有时间听我们说这些无关紧要的心事。”

一阵沉默。伊西奥洛的夜空星星很多，也很清晰，但让你无法轻松地赞叹说好美。每一颗星星都是一个孩子，都背负着一个故事。

“我妈妈说，每颗星星都代表你的一个朋友，你们的友谊越深厚，那颗星星就越亮，Trix，你相信吗？”

"那我们的友谊就是那颗星。"我指着正东方的一颗星说，"我相信你妈妈的话。以后你看到那颗星，就要想起你在中国有一个朋友。"

詹姆斯是一个敏感细腻的男孩，这样的性格在粗粝的环境里会受到很多伤害，这是他的磨炼也是他的禀赋。我对他说："我在你身上看到了一个诗人，或是小说家，你可以感受到很多旁人感受不到的东西，这是上天给你的礼物。就像上天给了安东尼足球运动员的身材，给了他很健壮的小腿和灵活的腰；给了法蒂玛长颈鹿一样的脖子，让她可以优雅地跳舞。宇宙给每个人都准备了惊喜，可是你要去发现它，使用它。"

他怀疑地看着我，说："Trix，可是我从来没有写过什么。我真的可以吗？"

说真的，我不知道。这不是一个没心没肺的童话，没有"从此以后，在儿童中心长大的男孩詹姆斯用他的小铅笔头在笔记本上记录，经年累月，写出了一部震撼肯尼亚的自传体小说"这样的结尾。我不知道詹姆斯的故事会有怎样的结尾，但即使他的生活写不成一个扣人心弦的故事，也没有关系。他不用成为保罗寄予希望的人才——我不知道怎样的人才是"人才"。保罗和我是人才吗？法兰克和普瑞希拉算不算？收集摩托车的克里斯和画地图的汤姆呢？他也不用成为我看见的诗人或小说家，他只要成为他自己——不再活在母亲离世的悲伤中，也不活在虚无缥缈的幻想里。

入夜后，保罗把这栋平房的所有门窗都上了锁。两个星期前，这条巷子的巷尾发生了枪击事件，一个男人被打死，尸体就横在街上。保罗还煞有介事地告诉我，本·拉登在被美方发现前，藏匿的地方就在伊西奥洛附近，也不知道是真是假。"你这间房被人闯进来过，就是从这个窗户进来的。不过现在我让孩子们拖了刺灌木放在外面，比较安全。"

我钻进睡袋，太热；睡在垫子上，又觉得哪里都刺痒。戴上耳机听音乐，想着克里斯和小缪都在这张床上将就过，那我也能撑过去。然后就察觉保罗进来了。我住的房间没有门，只挂了一个布帘子，所以敲门都省了。

“有事吗？”我隐约已有预感他晚上会进来。

“你介意我在这里躺一会儿吗？”保罗问。

——压死骆驼的最后一根稻草出现了。

我介意。出门在外，我不怕吃苦，也有极好的忍耐力，我尽量不去烦扰别人，也最厌烦自己的空间被别人侵犯。但凡寄人篱下必有此困扰，这也是我不愿当沙发客的一个原因。搬来 Fursa 是我考虑过的决定，因为希望多一些经历，既然这也是经历的一部分，我只能面对。我没好气地问：“你不会是要跟我睡吧？”

他干笑了两声，说：“我只躺一会儿。”

我用有力的声音说：“保罗，听我说。我决定来这里不是因为我对你有感觉。如果你躺下只是为了一个人类的陪伴，我可以接受。”我用了 human being（人类）这个大词。

他苦笑，说：“好吧，就当我是为了一个活人的陪伴。”

黑暗中的沉默。一个裹在睡袋里像条死虫子的我，一个尴尬、寂寞、无力的 46 个孩子的爸。他拉起“死虫子”的手，攥在手心里，说：“人类的温暖真好。我希望你留下来，不是为我，只是为了这些孩子。我们可以一起做一些有意义的事情。”

深夜的声音显得特别响。

我问：“保罗，为什么是我？为什么不是法兰克，不是克里斯？”

“他们不关心。法兰克以前在特种部队服役，他早就对人性失望了。他和普瑞希拉的关系也是资助人和被资助人的关系，他资助她上大学，她用身体交换。至于克里斯，我没有和他深聊过，他只是个贪玩的年轻人。你关心那些孩子，他们也喜欢你。你留下来会对我帮助很大。”

我其实没有过一丝迟疑。我说：“保罗，我问一个问题，请你不要介意。”

他让我问。

“……你最大的愿望是什么？我不止一次地听你说起希望他们可以听话，可以好好学习，出人头地，但是如果他们都做不到怎么办？他们如果真的不能成才，你会不会后悔付出这样多的心力？”

他没有回答。

我不会留下的。我也只是个过客，只是保罗把我当成了局内人。我虽然喜欢看到孩子们的笑脸，虽然能叫出他们每一个人的名字，但是我之所以可以专注于这些琐碎而不觉厌烦，是因为这日子对我来说有尽头。我不会一直过没有水的日子，不会永远为洗一个澡穿过整个镇，不用每天醒来眼前跳出的是巨大的财政问题和 46 张嗷嗷待哺的嘴。我最怕的就是承担他人的责任，他却要将这么大的一个担子交给我。请原谅我的软弱和残酷，我做不到。

他很无奈。我能感受到他有多需要一个人为他分忧，或许这一请求向小缪也提出过，向其他因为各种原因来志愿服务过的人也提出过。

一个人要多强大，才能问心无愧地说，我能帮助别人。当自己的力气被逐渐耗尽，疲累地躲在义工、志愿和善举的名义下，沉溺在别人的痛苦中，如果不是在滋养已经膨胀的自我，就是为了无须再面对自己。一个没有力气爱惜自己的人，没有能力去指引他人的生活，哪怕他人在生理上有残缺，在物质上有匮乏，也不见得你比他更完整，你比他更丰裕。

耶稣说，爱你的邻居，像爱你自己。

爱你的邻居前，爱另一个国土上的儿童前，首先要爱自己。世间所有的爱，如果不是来源于一个自爱的自己，便都是虚伪。以牺牲为名，一旦付出没有回报，就会以两败俱伤为结局。“我为你付出那么多，为什么你不能体谅？”这时交易的真相才真正暴露。

只有真正充沛的能量才可能流淌。它不是单方面的虚耗，它与更强大的源头相连接，像一个小圆与大圆的圆心重合一般，源源不绝地获得补充。流向他人的爱意不应让我们觉得更贫瘠，反而应感激这种分享。像一朵承载过多水汽的云一样，润泽万物的同时也疏解自己。

我不相信组织与名号，我只相信亲眼见到的人。他们散发出的是一种怎样的能量，他们在付出的同时是不是也在从中获得，他们的能量是不是来源于自身，他们期许的结果是什么，还是付出本身就是一种完满。他们努力为着更美好的世界做出努力时是否自身也变得更完善和充实。我也不相信“牺牲自我，造福世界”的伟大标语，连小我都不能照顾好的人，没有资格让全世界感恩戴德。

只有每个人都能承担对自己的一份责任，一个国家的父母能承担起父母的责任，生育时能承担起抚养的责任，酗酒时能想起还有做饭的责任，这个国家的儿童才有希望。这种意识的扭转比开一家儿童中心要难得多，但也只有意识的扭转，才可能带来希望。

总是由别人擦屁股收场的人，永远都可以继续闯祸。

世界上擦屁股的人还不够多吗？

走的时候是清晨五点，孩子们都还在睡觉，只有詹姆斯已经起床送我。我把手上的一条牦牛骨串珠悄悄地戴在他的细瘦手腕上。他问我："你还会回来吗？"

搭上吸胶的阿卜迪为我安排的车，前往第二站——马萨比特。

3. 遇见安吉拉

到了马萨比特，才知道伊西奥洛是多么可爱的一个繁华城镇。这里一点儿都不像猛犸象的家园——《孤独星球》用这句话诱惑了我——虽然有一座被森林覆盖的高山，但是到处都是灰蒙蒙的，感觉像是刚刚经历过一场地震，人们脸上有一种惊魂未定加麻木不仁的表情。杰杰旅馆很显眼，就在马萨比特的主干道 A2 公路上，一栋方正的四层小楼，竟然还有一个像模像样的花园，让我十分欢喜。抵达的时间是下午一点。我已经两天没有好好洗过澡，没有刷过牙，当下急着上厕所，肚子又饿得咕咕响，只想赶紧把大包扔到地上，赶紧排空加补给。但是旅馆的门房实在磨叽，说 500 先令的单人房间已经全部客满了，只剩 800 先令的双人房，还不是自带卫浴的，还不肯给我一点儿折扣。我继续耐心地咨询有什么方法从马萨比特到图尔卡纳湖，得到的回答是“我怎么知道，我可从来不去那里”的事不关己和“你只能碰碰运气自求多福”的幸灾乐祸。

他身为门房，对于交通工具却一无所知，让我十分不解，更让我不解的是，我明明是清清楚楚地问问题，却总是天南地北地被绕晕，最后问了什么都忘了。我不知道是自己理解能力有问题，还是他在故意地顾左右而言他。我很生气，觉得北部人既不友好又不实在。用了公共厕所之后我就在接待处坐着。然后，我遇到了对旅途继续异常重要的一个人——修女安吉拉。

我已经不能清楚地记起修女安吉拉的样子，我到底从什么时候开始知道她是修女的呢？她既没有穿那种黑边白框的修女肩衣，也没有一身黑袍，印象中她脖子上甚至没挂十字架。她十分瘦小，拖着一个巨大的行李箱，似乎是出差途经马萨比特。她也要一间单人房。当然没有。

我们对视了一眼，一下就达成共识，决定一起分享一间双人房，这样比计划的单人房还要省 100 先令——虽然还不到人民币 10 元，但确实让我很高兴。她的言谈间总是提到修女（sister）和神父（father），但是我一开始并没有反应过来，以为她只是在提及家庭成员，后来才恍然大悟，原来我有幸遇到了传说中的传教士。

在各种旅游指南上，都不约而同地提到了几种在北部的交通方式，其中的一种就是搭传教士的车，因为他们总是在各种条件最艰苦、交通最不便的乡镇间穿梭，传播福音。另几种方式分别是搭运货卡车、蹭非政府组织的车或者自驾。修女安吉拉告诉我，据她所知，北霍尔天主教会的安东尼神父在下个星期一会去图尔卡纳湖东岸的罗扬加拉尼（Loiyangalani）。正是我千方百计要去的地方，真是天大的好消息！这天是星期四，我有三天的时间先去北霍尔与神父会合，再搭教会的便车。

安吉拉将我的问题简化成“找一部车去北霍尔”。她马不停蹄地带我去运货大卡车的集散处，问当地人这几天有没有车拉货去北边。他们似乎都认得她，很礼貌地建议第二天再来问。安吉拉叮嘱我第二天必须随时准备好上路，卡车说走就走。她则会搭一早的卡车去另一个镇。

4. 前往北霍尔的卡车之旅

我在清晨五点多睡眼矇眬地醒来时真切地被吓了一跳。黑黑小小的安吉拉正把极短的头发窝进织帽里，她转过头来向我打招呼，让我觉得仿佛身处异星。

送她去乘卡车的地方，那些裹着粉色围布、头上插着花和鸟毛的桑布鲁莫兰在举着他们的长矛往上爬，那些戴了八层串珠、手提空空牛奶桶的朗迪耶妇女也在往上爬。我心想，这是多么奇妙的体验啊！于是也很期待自己的卡车之旅。

下午四点，我终于爬上三层楼高的卡车顶，和浩浩荡荡的本地大军一同前往北霍尔。

再见了，马萨比特——这个从抵达的第一刻我就在盘算着怎么离开的小镇，全城我最熟悉的地方就是旅馆餐厅和一家犹太人开的先进无比的超市，在那里你甚至可以买到葡萄适。再见了，这个以一个叫作“马萨”的人命名的地方，不知道他在“马萨的家”有没有过快乐时光。再见了，博拉纳人与加布拉人的战斗之地。虽然这两个部族都是奥莫罗族的支系，但从 1994 年开始，两个部族就牛群的所有权展开了自相残杀，死伤多少无从考证，但我猜最后博拉纳人赢了，因为要去的北霍尔是加布拉人的聚集地，他们留在那里放骆驼了。

卡车的顶是不能站人的。支雨篷的钢架就是乘客的座位，下面的空间全部用来堆货，能够从包装上辨别的有成箱成箱的饼干、矿泉水，看来是给北霍尔小卖部的补给。庆幸的是车上没有牛，因为北部大多数流血事件都是由牛引起的。车顶上有二十来个人面朝车头的方向，抓住钢架，排成三排，挤得紧紧地坐在钢条上，后排人的脚可以垂到货仓里，前排人的脚不能放下去，因为已经有人占据了货仓前部的有利地形，窝在了成包成包的卷心菜上。他们的脚只能跷在货仓前沿的一段狭窄平台上，也就是我背朝车头坐的地方——这似乎是最好的“座位”了，因为司机煞有介事地示意我这个唯一的穆宗古坐在这里。

开车之前，我就已经充分做好了预备措施：穿上最厚的外套，外套口袋里放了巧克力糖，大背包藏在座位的下方，手边放了矿泉水，头则用棉布围巾裹得只露出眼睛——天知道这一路要吃多少灰——这也是我无法对周围事物做出全面观察的主要原因。条状视野范围之内，没有见到桑布鲁人或图尔卡纳人，大多是裹着彩色花布的博拉纳妇女和戴着刺绣小帽子的穆斯林男人。我的左边是一大包甘蓝，用绳子拴在钢架上，像个人似的倚在我的身边；右边是一个端着 AK47 的颤颤巍巍的老人，枪口直指着天空，我又开始担心老人会不会在颠簸的卡车行程中一枪轰掉自己的下巴；面前是千疮百孔补了又补的一个青少男的牛仔裤裆部，他的两条腿无处可放，只能跷在我的身体两边，我从头到尾没见过他的脸，只记得他穿的是阿迪达斯运动鞋；我背后的车头上不知道爬了多少人，但有一个人，从一开始靠在我的背上渐渐地变成了坐在了我的肩上，我可以理解他稍微往外坐一点儿就会翻下车去的困扰，但骑着一位外国女士的脖子似乎不是一个礼貌的举动。

和坐马他突的情况类似，除了我一个人在想尽办法赶紧找个舒适的姿势入睡外，其余每个人都兴高采烈，像小学生春游一样，大家快乐地听音乐、拉家常、含棒棒糖（永远的棒棒糖！）……你知道这一路要坐多久吗？整整 12 个小时！

如果不提骑在我脖子上的那个人，其他人倒都算友好，虽然语言不通，但坐在货仓里的人总是不声不响把我垂下去的腿脚挪在适当的地方，这样我就不用继续踩在他们肩上；坐在我前面的破裆青少男总是小声地关怀——“我的朋友，你还舒服吗？”太阳还在的时候，我一直回答他“舒服”；傍晚开出城外的时候，我看着美丽的落日，回答他“很棒”；晚上十点左右，卡车在一片举目无人的漆黑中卸货，青少男跟我说“我们到 Maikona（迈卡纳）了”时，我还有心思跟他开玩笑说“为什么是我的角落（my corner）不是你的角落”；午夜时分，卡车开进无边无际的扎比沙漠，我已经什么话都说不出，只有泪千行，觉得今晚若能平安熬过就是大幸；到凌晨三点，我已经像死尸一样吊在车上，觉得不如去死，不想再活受罪了，我这是图什么啊！

我终于明白大家为什么不睡觉了，因为根本没有办法睡。坐在车顶的人只要一松手，就会从三层楼高的地方掉下去，不死也是残废；坐在我这种位置的人，一旦不能清醒地支撑自己的身体，就会像身旁的甘蓝一样被颠簸的卡车肆意抛掷，被四周的钢架磕得鼻青脸肿、遍体鳞伤；只有在货仓里的人稍显幸运，可以在卷心菜和胡萝卜堆里调整睡姿，尽量塞进蔬菜的空当，尽量舒适一些。

在沙漠里行进根本没有路，全靠司机凭着经验辨别方向。他们是凭着什么呢？是天上的星象？是金合欢的分布？还是前人留下的混乱车辙？那些有经验的沙漠向导，即使是盲的，也能嗅出风沙里的湿度，判断出风从哪里来，而人又该往哪里去。

顺着车灯照亮的方向看去是一片沙漠，转个方向照亮的还是一片沙漠，单调的地貌让你觉得自己已经出现幻觉，觉得卡车似乎没有在动，只是面前的场景幻灯片一样地不停翻动，一幅幅沙丘的图片立起来，翻下去，又一片立起来。为了不被幻觉所迷惑，你抬头看天。天上的星星倒是很亮，也只有在这样单调的地貌里，人类踪迹很少的环境下，才能看见这么亮、这么多的星星。但是很快地，你的眼球就被一阵黄沙打得生疼，你知道我们的卡车又被沙尘暴追上了。沙漠里龙卷风一样的沙尘暴是唯一的活物，它们不知道从哪里升起，像鬼魅一样跟着我们的卡车，追不上时，你能清楚地看见它，一旦被它追上就是一头一脸的昏黄。

我终于觉得，要死了。但不想哭。觉得灵肉分离了。看着自己的身体像一具臭皮囊一样被任意摔打，已经不觉得疼了。我咀嚼着残留在记忆里的一些美好画面，想起自己也曾幸福过，也曾付出和被宠溺过，和爱着的或爱过的人一起放声大笑过，在雪地里追逐奔跑过，把手放在对方温暖的大衣口袋里过，在喧闹的老城喝一杯甜茶，相看两不厌过……人死之前，看到的是不是都是无比眷恋的场景，所以觉得这一世并不枉走，所以还想一次一次地回来？真是奇妙，即使只是品尝过一点点的甜，也能让人熬过不可思议的苦难，人只是依靠这样微小的满足感存活吧？

……你要清醒！万一这就是最后的5分钟呢？你已经挺过11个小时55分钟，万一这就是最后的5分钟呢？车上的人都这样的安之若素，你又凭什么倒下呢？你如果就这么倒下，就是前功尽弃。到了北霍尔，还有一场仗要打，你必须清醒。

于是我只是死死地抓住钢架，即使眼皮再也睁不开，也要撑着不能睡着，否则就会糊里糊涂地翻下车去。

看见了一个高高的红点。那应该是人类的标记，像是高架塔。应该就快到北霍尔了，只要朝着那个方向继续走，就能到一个像模像样的小镇，一切都会好起来。我告诉自己。

凌晨四点，卡车在一个什么也不是的地方停下了。没有平房，没有小店，没有一点儿灯光，除了有几个黑乎乎的破破烂烂的蒙古包一样的圆帐篷，什么都没有——这就是北霍尔，高架塔下的人类栖息地。我松一松已经肿胀的手指，挪动挪动麻木的双腿，必须马上接受眼前这一切，恢复到最佳作战状态。把头上绑了12个小时的头巾拿下来，顺便打量了一下同行的乘客——他们都已经脏到人类极限，灰土蒙得满头满脸，连五官都盖在了下面。面目模糊的青少男问："我的朋友，你还舒服吗？"

我迅速地从卷心菜堆里翻出背包，纵身爬下三层楼高的卡车，抓住一个从驾驶室下来的年轻人，让他带我去北霍尔的教堂。“安东尼神父在等我。”我向他透露这一信息，暗自希望他不要在凌晨四点的漆黑郊野对我起歹意。

这个自称大卫的人应该也是个基督教徒，受洗时接受了这个西方名字。依仗我头灯的微弱灯光，他带着我七扭八扭，穿过一片没有任何人类气息的沙地，终于到达北霍尔天主教教堂。

安东尼神父没有锁大门，他就睡在露天的一张板床上——他真的在等我！神父关切地问我饿不饿，要不要吃点儿什么。我什么都不要，只要赶紧让我挨着枕头睡觉就好。他带我去了一间舒适的房间，交给我一把十字架形状的钥匙：“好好睡一觉，晚安。”

那一刻，我真真切切地只想说，感谢上帝！

5. 罗扬加拉尼，第一眼便爱上你

第一次被热醒是上午十点。一阵一阵的风很大，把窗帘吹得乱舞，但不见一丝凉意。被窗外的景象吓到：烈日当空，黄沙遍野，连个人影都没有。

我身处一片虚无。

又渴又饿，但是没有水，翻出包里还有一盒葡萄适，就着几片剩下的饼干冲进胃里，继续睡回笼觉。第二次被热醒，脑袋不知什么时候被锤子砸过一样，摸一摸到处都是肿包。全身哪儿哪儿都疼，瘀青不下七处。屁股还被跳蚤咬了两大团包。渴得实在受不了，再这么下去要脱水，硬着头皮，我咂着嘴出门去找水。

摸回昨天安东尼神父睡觉的地方，大门紧锁，里面一个人都没有。一个人走出教区，想找个小店买瓶水喝。我敲进了一所还算像样的土房，一个年轻人自告奋勇地带我去小店。

这才发现北霍尔并没有想象中那么荒凉，还是有一些人住在这个不毛之地的，圆顶帐篷曼达西上层层叠叠覆盖着破布、剑麻席，也有小孩在玩耍，也有女人在喂羊，地上散落着很多牛羊的头骨。坐在镇上唯一一家有冰箱的小店门口喝完了一瓶冻可乐，觉得十分适意。镇上没有小吃店，所以还是没有东西果腹，我只能折回教区，看看能不能撞上安东尼神父，向他讨口吃的。

教区还是空无一人。在教堂门口研究地图：昨天我们的卡车从马萨比特出来后上行 90 公里，到了昨夜卸货的“我的角落”，再北行 110 公里，就是现在我身处的北霍尔，要去的罗扬加拉尼在北霍尔西南方向 85 公里处，其实是兜了一个半圆。这座蓝色拱顶的教堂很特别，要不是顶上有十字架，看上去一点儿都不像教堂，应该是为了吸引加布拉人，模仿他们的帐篷设计的。外墙上写有“四十年的福音”（1964—2004），有我熟悉的名字：安东尼神父——1996 年来此，已经在北霍尔待了 16 年；安吉拉则从 2000 年工作至今。1964 年，一名叫作罗卡的神父最早来到这里。

在肯尼亚，80% 的人都是基督教徒，所以一个肯尼亚人跟你说他（她）叫彼得、玛丽、安都不是什么稀奇的事情，总比基马蒂（Kimathi）、卡马乌（Kamau）、穆王吉（Mwanki）要好记得多，可是基督教来肯尼亚之前，本地的人信什么？

据我有限的所知，马赛人有一套完整的信仰体系，上有恩盖神和他的妻子月亮女神欧乐帕，下有人人有份永不落空的生日守护神，中间以神圣的牛为媒介——不知为什么，牛被相信与恩盖有相似的特质。这让我想到也把牛放在神圣地位尊崇的印度，是巧合吗？

马赛人通过吃牛肉、喝牛奶和恩盖联结。恩盖和欧乐帕都是暴脾气，有一次打架，欧乐帕把恩盖打伤，于是恩盖就让全世界人都被猛烈的太阳照射，再也不能直视他，这样就看不到他的伤口。作为报复，他一拳打伤了欧乐帕的一只眼睛，所以每次满月时，人们都能看到月亮女神发黑的熊猫眼。马赛人相信，世上所有的牛都属于他们，因为恩盖神只创造了三种人：一种是多罗波人，他们是善妒的猎人，收集野果，恩盖赐予他们蜂蜜和所有的野生动物（这些人也为马赛人执行割礼仪式）；第二种是马赛人很看不起的基库尤人，这些人务农，拥有种子和谷物；第三种就是马赛人自己——恩盖选中的幸运儿，拥有世界上所有的牛（因为世上所有的牛都是恩盖的）。生日守护神在每个人生日庆典上被分配好，庇佑马赛人一生平安，死后的马赛人也由生日守护神来审判：生前是好马赛，死后就被送到一片肥沃的牧场，和无数的牛为伴；生前是坏马赛，就被送去沙漠，既没有水也没有牛……

至于其他的部落，有据可查的神话资料已经很少：东南沿海地区班图语系的米基肯达人（Mijikenda）相信祖先住在卡亚（Kaya）圣林里，他们通过古树与祖先沟通；库希特语系的奥莫罗人曾持有一神论，相信天空之神瓦克，但现在这种信仰也几乎消失。

前南非大主教德斯蒙德·图图说过一个笑话：传教士来到非洲的时候，他们手上有《圣经》，我们手上有土地。然后传教士说，来吧，让我们祈祷吧。等祈祷结束的时候，我们睁开眼睛，发现我们手上有《圣经》，而他们拥有土地了！

距离我房间不远有一个大院，那是修女们的住所，教区总共有五个修女，但这两天都出差去了外地，只剩下七十来岁的腿脚不太灵便的帕特修女看家。她穿着白色的肩衣，很克制地跟我打招呼，邀我去“修女之家”小坐一下。帕特修女说自己来自旧金山，到北霍尔也不过一年多。我简明扼要地解释了自己怎么找来的。她神秘兮兮地问我，知道安吉拉去哪儿了吗？原来安吉拉是庶务修女（lay sister），主要处理金融会计、对外联络和日常照顾神父的工作，但她最近和教会之间有一些小摩擦，一气之下离开了。

帕特修女拿了一本关于加布拉人的书给我看，这是为了让早前的传教工作顺利进行而编著的，其中提到了北霍尔天主教会的成立——原来这里的历届神父都来自德国巴伐利亚州的奥斯特堡，设计这座蓝色拱顶教堂的人也是德国的建筑师，名叫阿道夫·扎克，他在肯尼亚北部的卡拉扎、杜卡纳、古斯和伊勒雷特设计的几处教堂都风格各异。

这本写于 1999 年的书非常翔实地介绍了加布拉人的生活习性、节庆礼俗等。加布拉人和博拉纳人虽同属奥莫罗部族，但是现在分工明确，博拉纳人放牛，加布拉人则主要放牧骆驼，虽然也有牛、绵羊和山羊，但这些不入流的动物是属于女人的，骆驼才是加布拉人的命。婚礼要在骆驼圈里办，聘礼是三头骆驼——两公一母。养骆驼的人从不杀骆驼，更加不会卖，连骑都舍不得骑。

书上说，加布拉人不定居，居住的流动村落叫作“欧拉”，帐篷全部面西，最尊贵的人住在最北边。村落、牧场和水井是加布拉人最重要的三个地标。他们每七年（或七的倍数）象征性地迁徙一次，这种迁徙和水源、牧草无关，是一种朝圣式的庆祝活动，叫作“回家”。最近有记录的一次在 1986 年。

安东尼神父回来后，我向他讨了些面包和奶酪来吃。他为人很亲切搞笑，能说非常流利的斯瓦希里语和有趣的英语。说它有趣，不是因为神父用词或者句式之类的非常特别，而是情绪饱满，在需要表达惊讶或愤慨的时候，他总能恰当地把一些拟声词加入谈话。开始我以为是教会特有的语言习惯，因为在和安吉拉、帕特修女聊天时，也能听到“呜咦”“哎耶耶”之类的语气助词，时而高亢尖锐，时而百转千回，就像配音片一样充满戏剧性。还有就是“imagine（想象）”一词使用得出神入化，叙述人会在后面留下巨大空白，给你很多想象空间，配以充满不屑又略带期待的眼神，虽然你觉得那情况并不难以想象，但还是礼貌性地发出啧啧声连连称奇。

随着旅行的逐渐深入，我发现不只是北霍尔的神父修女，回到内罗毕后认识的卢奥族朋友也会使用“妈呦喂”“呜啰啰”之类的感叹词，听起来十分好玩。

神父最让我啧啧称奇的是，他竟然可以在寸草不生的沙漠之地保持德式生活水准：满满一冰箱的食物，有水果，有啤酒，连德国香肠都有，他还切了几片给我，非常美味；整整一房间的储备品，一整面墙的各种果酱、茶包、咖啡罐、巧克力酱，看得我目瞪口呆，就算发生饥荒他也一时半会儿饿不着。但是我不明白的是，他为什么喝果汁要兑水，他一定对我把浓缩果汁直接咕咚咕咚地喝掉半盒很不满；就像他同时不明白我的是，为什么我狼吞虎咽前连祷告都没有做。

我们吃饭的客厅墙上挂着几张放大的旧照片，其中一张就是肯尼亚 50 先令纸币背后的图案——迁徙中的加布拉人。骆驼驮着弯弓一样的东西，排成行前进。“那个弯弓一样的东西，就是他们的帐篷，拆开来是一根根的木条，搬迁起来非常方便。骆驼上是不能坐男人的，病弱的老人和小孩在特殊情况下才可以坐。”我问他哪里还能看到这种迁徙的场景。神父一声叹息，说最近十几年已经消失殆尽，加布拉人不再迁徙。因为有了固定的学校、诊所、教堂，他们已经不再随心所欲地搬来搬去。

“还有，你千万不要举着相机去拍摄加布拉人的骆驼。骆驼既是他们的财富象征，又代表着他们的尊严，不能让外人知道他有几峰骆驼，这是十分忌讳的事情。拍摄他们的骆驼是有生命危险的，拍摄牛羊可以。”我默默地记在心间，并为加布拉人贴上了凶悍的标签。

神父们有一项奢侈而隐蔽的爱好：过度辛劳之后的一次游泳——罗扬加拉尼就是他们的秘密根据地。

安东尼神父早就叮嘱我，星期一一大早我们就出发，因为本地人有这么个习惯：一旦知道有车要去哪里，即使没什么事情要办，也喜欢挤上车一起去遛遛。前一天的下午就是这样，神父有一场弥撒要去南部的马拉波特做，让我跟着一道去开开眼。我享受特殊待遇，可以坐在神父身边的副驾驶座位，不用和后面至少十个小孩、四个大人挤在一起。除了一个大人是要运货去中途的一个小卖部，其他人只是单纯地去“遛遛”。

不得不提的是，马拉波特的地貌与月球无异，我猜月球还更凉快些。我们在一路海市蜃楼的陪伴下驰骋，最终停在光秃秃的沙漠中几栋孤零零的门窗紧闭的平房前。一个叫“一种欢乐”的人主动带我到处转转，于是我跟着他冒着晒暴皮的风险，穿着拖鞋，手脚并用地爬上一座火山灰堆积而成的小山，然后在太阳的直射下极目远眺黑乎乎的库拉尔山，并在上面发现了斑点鬣狗深夜藏身的洞穴以及堆在洞口吃剩的鸟毛。据说，斑点鬣狗有着雌雄同体的诡谲名声，它们常常在月圆之夜围成圆圈相连交合。

无论如何，星期一一大早五点半我就起床了。到吉普前一看，至少有 20 个人已经等在那里。机关算尽，不及加布拉人的敏锐及耐心——这个穆宗古迟早是要走的，不管她去哪里。出公差回来的胡伯特神父开车，我和安东尼神父、来非洲度假的德国女孩乔安娜、一个加布拉妇女和她怀里的婴儿挤在第二排的三人座上，后面见缝插针地蹲了一团人。开始时除了拥挤，一切都好，直到婴儿忍不住腹泻。当然没有帮宝适之类的纸尿片，加布拉妈妈很自然地置之不理。窗户不能打开，因为外面黄沙滚滚，我被熏得想哭，又被卡位卡得一动不能动，干脆决定也蹲到后面去。

事实证明这是一个很英明的决定。虽然安东尼神父提醒我后面颠得厉害，但我总算逃离了加布拉婴儿特有的气味。后面的人陆续下车，只剩一个老汉带着两个年轻女孩，他们看来是要一路坐到罗扬加拉尼。女孩们和我很快就熟稔了，一路教我斯瓦希里语歌谣，这首歌我记忆中听了无数遍，可就是想不起来是从哪里：

Jambo

Jambo Bwana.

——你好。

——你好，老爷。

Habari gani ?

Mzuri sana.

——你好吗？

——很好。

Wageri，mwakaribishwa.

观光客，欢迎你。

Kenya yetu hakuna matata.

我们肯尼亚，完全没问题。

突然，大女孩很有问题地越过我，一把拉开车窗开始呕吐——后面确实十分颠簸，并且开始走盘山路，胡伯特神父开车像打了鸡血一样，一路狂飙，看来是想在午饭前赶到罗扬加拉尼。他在前面安慰大女孩说："往你们的右边看，马上就有惊喜。"

然后一大片松石绿色的水面泛着金光让人措手不及地出现了，在经过了三个小时单调的戈壁地貌之后，突兀地出现在山丘的后面，那就是有"碧玉之海"称号的图尔卡纳湖。你似乎都能嗅到潮湿的风从那个方向吹来，但它突然又不见了，消失在山丘里。慢慢地，盘山路结束了，黑色沙石路的两边渐渐出现赶着羊群的野性男人，他们有的赤裸着上身，有的只披一块毛毡，就那样零星地意外地点缀在广阔的平原上。你无法想象他们怎么会在那里，走了多少的路才到达那里，又要走多少的路才能到下一个哪里。

他们对我们的吉普视若无睹，默默然继续赶着他们的羊群，或者望着远方的不知什么出神。只有一团绿色，远远地从湖的那一边朝吉普飞奔而来——一个披着绿格毛毯的男孩，背上扛着一根竹竿，挑了个牛奶罐之类的容器。他向神父说了些什么，然后就从后门上来，和我们坐在一起。他带来了一种不可忽视的强烈味道，是一种杂糅了羊、奶和腥臊的原始气味。我假装不经意地盯着他戴银质长耳线的耳朵，发现那两个女孩也在好奇地看着他，那种部族之间的打量——加布拉与图尔卡纳的交锋。男孩用一种骄傲的姿态置身于我们之间，与我们保持着完美的隔阂。

我一直都在期待罗扬加拉尼——肯尼亚部落色彩最浓郁的地方。当吉普缓缓驶入村落，看到头发稀落的妇女缓慢而优雅地漫步，鲜红或艳蓝色布巾将她们的身体完全隐藏，像一个个蛹一样只露出头颅时，我被深深地震慑了——难以想象的美牢牢攫住我，像是进入了一个与时间无关的角落，好像这里的部落真的如史前生物一样依靠露水为生。

罗扬加拉尼，这个名字听起来就十分带劲的地方，让我第一眼就彻底爱上。

6. 有趣的向导大喜

我在一家叫作“摩桑朗图（Mosarefo）”的宿营地住了下来。

摩桑朗图，是埃勒摩洛（El Moro）、桑布鲁（Samburu）、朗迪耶（Rendille）和图尔卡纳（Turkana）四个部落的字母缩写，他们是罗扬加拉尼的四个主要聚居部落，另外也有一些索马里裔散居在镇上。

我决心走进这些部落，但要如何入手呢？直到我在主路的竹子饭店遇见大喜。

我坐在竹子饭店的游廊里喝冻可乐，大喜和其他人没有不同，他们都在聚精会神地从一个米拉（miraa）分销商那里拿货。分销商双眼通红，亢奋地将棕榈叶里包裹的米拉分扎成捆，然后交到迫不及待的男人们的手上。你见不到钱，没有现金在手中流转，只有成堆成堆的叶子被扯下或吐出，地上一片狼藉。

我见过米拉，这种绿色的小把植物在伊西奥洛的市场里被熟客们精挑细选。那里离出产地梅鲁更近一些，运到罗扬加拉尼的米拉经过两天的路程已经有蔫了的叶边。但叶片惯例上是不嚼的，只有不体面的人才会讨些叶子来过过嘴瘾，嫩茎才是最好的部分。考究的上等人把叶子一片片摘下，丢在地上，就着花生米或甜糖嚼嫩茎，鼓着腮帮子把里面的卡西酮成分狠狠地嚼出来。米拉是阿拉伯文化里的安非他明，东非人的四倍浓咖啡。在欧洲人还没有开始喝咖啡的时候，非洲之角和阿拉伯人已经开始边嚼米拉边谈生意了。

然后他们变得兴奋、健谈、欢快，和你愉快地交心，他们不吃、不喝、不睡、不想女人、不想工作，他们变成永动机，大脑高速运转，点子层出不穷。瞳孔放大，心跳加快，行动异常，急不可耐。未来似乎触手可得，而你只需要继续嚼下去。

但是一开始你不知道这些，你只是安静地听一个很难得的会说英语的本地年轻人小心翼翼地开启话题："你是来做研究的吗？我可以给你做向导。我给美国国家地理频道做过助手，他们在罗扬加拉尼拍纪录片，上面有我的镜头。"你不得不承认这是一个很吸引人的开头。于是我问他："是关于什么的纪录片？""在图尔卡纳湖钓鱼，我的朋友雅库布是很厉害的渔夫。"他的手机里还有那个雅库布的电话，险些就要打过去向我证明他们之间的关系。回国后，我查到雅库布·瓦格纳的资料，他是捷克人，才二十九岁，国际钓鱼协会数项大鱼纪录的保持者，美国国家地理频道《超级大鱼》系列片的主角。

我觉得国家地理和雅库布听上去都十分显赫，而我只是个一文不名的背包客，我可请不起他来当导游。他倒很直白，说：“钱不是问题。我一分钱都不收你的，我不喜欢为一点儿小钱斤斤计较。我的家庭在镇上十分有地位，这家竹子饭店就是我叔叔的，我拿米拉也从来都不用给钱。”他狠狠地啐了一口绿渣，吐在了游廊的沙地上，“你叫我尤素福就好。”我暗暗感叹，遇上本地首富的公子哥儿了。

又过了一会儿，他突然说：“你还是叫我大喜吧，这里的人知道大喜这个名字，不知道尤素福。”然后他在裤兜揣了一大把米拉，带我去看图尔卡纳湖。从镇中心的主路走上一条岔路，经过一棵大树、一口公共水井，经过数十个随身携带小板凳纳凉的图尔卡纳男人和戴着“凤冠霞帔”的桑布鲁莫兰，大喜都一脸严肃，除了和一个主动迎上来的双眼通红的老人热情问好，与其他人一概没有互动，于是我也不敢主动上前去和部落寒暄，虽然我对他们的小板凳十分感兴趣，也很想问问花鸟鱼虫都往头上戴的莫兰是不是能和我合影一张。我忍不住问大喜，究竟要怎么辨别四个部落的人。以下是简要说明：

埃勒摩洛男人猎杀河马，所以会佩戴河马骨头做成的耳环，女人佩戴层层叠叠的彩色珠盘项链；桑布鲁的男人手持长矛，穿艳蓝或艳粉色的裹布，女人则佩戴两边相连的耳线，额头上有多边形的银牌；朗迪耶人数极少，莫兰和桑布鲁人一样留赭红色长发，女人戴的珠盘项链多是纯红色或纯黄色的；图尔卡纳人最好认，男人总是随身带着一个巴掌大的小板凳，纳凉时当座椅，这样就不用直接坐在烫屁股的沙地上，睡觉时还能当枕头，女人则统统削发，只留下头顶中间的几绺头发编成发辫，结了婚的女人会在耳朵上戴叶状耳饰……

“刚才那个过来问好的老人是埃勒摩洛人，他邀请我们去他家做客，是我第二好的朋友，叫No.2，你什么时候想去就告诉我。还有就是，部落的人多数不愿意拍照，很多人害怕相机会吸走他们的血。不怕的人则会要钱，100先令一张，专门来摄影的人一把一把地塞钱，一拍就拍好多张。部落的人不懂数码相机，以为只拍了一张。”

一条黑沙石路笔直地通向图尔卡纳湖，路上有车辙，路的两侧是无边无际的黑暗平原。我穿着“人”字拖吃力地跟着大喜，满脚底板插的都是荆棘刺，听他边嚼米拉边滔滔不绝地描述他的商业蓝图：

“你看到没有，那边的栅栏。那就是雅库布买下的地，用的是我的名字。等明年他回来，会盖一栋大房子，把他的女朋友接来一起度假，我会和他们住在一起。栅栏是我专门找人来做的，这里的人不懂得怎么拉栅栏，他们只是拿石头围个圈，就以为占好了地盘。

“你看到那栋房子没有，在山脚那里，是我新买的，大概占地五百平方米，我打算把它整修整修，盖成一栋度假村，让那些欧洲人来度假。听上去怎么样？

“我的计划是，把图尔卡纳湖变成一个旅游胜地，不能指望政府，政府根本没心思顾及我们。他们不知道，这里有世界上最美丽的沙漠湖，有最棒的落日，有火山口，有三文鱼和尼罗鲈鱼。我们已经有自己的机场，甚至可以直接从内罗毕运人过来。但为什么外国游客不来呢？因为没有像样的地方。这么大的一片空地，一个酒店都没有，住镇上又太远。依我看，就该在湖边建酒店，打造一个船队，坐船出湖钓鱼，一定很有市场。

“中国人现在很富裕，很多人在肯尼亚投资，能不能让他们考虑在罗扬加拉尼投资旅游？我们的年轻人需要工作机会，可是这里什么都没有。你知道这里的地多少钱吗？5万先令可以买到200平方米（合人民币20元每平方米）！连你都可以来这里买地，所有的手续我都能帮你办妥，什么麻烦都没有。你为什么不买块地呢……”

我很吃力地跟着大喜，脚步跟不上，脑子也跟不上。虽然对他的商业大计连连称赞，但我考虑的是：一、这里的火山沙石地表能不能承受地基；二、高压电缆从哪里拉过来；三、淡水的持续供应可能；四、蔬菜水果的极度短缺。但这些他都拍胸脯打包票，说什么都没问题。我虽然对于投资什么的没有想法，但还是很佩服他的商业头脑，他有些羞赧地说：“我如果不嚼米拉，就什么都想不到，也说不出来。这东西给我很多灵感。”

“你有没有跟雅库布说过这些计划？”

“雅库布？他既没有心思赚钱，也不需要钱。他家里是贵族，十分显赫。他本人什么都不喜欢，只爱钓鱼，满世界乱跑。他太疯狂，也完全无法预计，不是一个合适的商业伙伴。”

我们走到图尔卡纳湖边，已经接近傍晚。他说，这是一天最好的时刻。即使是一个人，他也会来到这里看落日。

我们见过无数的落日，无数的日出。有时你会想，有多大不同呢？都是那一轮圆盘盘的黄，升上去或降下来，钻出山谷或沉入大海，但是人类的拜日情结仍是走到哪里都挥之不去。似乎只有在这一特殊的时刻，你才能感觉到自己与宇宙尚有一丝关联，通过见证一些巨大的规律来体验自己渺小的存在感。如果长久地留在罗扬加拉尼，我想我也会像大喜一样，每天走这一条望不见尽头的路，从镇上走到图尔卡纳湖边，在水鸟的嘎嘎声里，在渔民悠然的撒网中，看着一天的太阳重新没入碧玉之海，新月升上来。

落日之后马上就是漆黑的一片死寂，新月的微光照不亮我们回镇的路。罗扬加拉尼整个镇都没有通电，隐约地看到煤油灯光闪过，看不见面孔的人在黑暗中和大喜握手问好。

他带我去吃鱼，我自己永远找不到这么隐蔽的饭店。吃饭的地方在后院里，穿过一家人的客厅和厨房，发现院落里摆了两张矮桌，桌上放了煤油灯，草丛里飞的是萤火虫，有客人已经在喝甜茶。这里只供应一道菜——烧鲫鱼。

我当时并没反应过来，这种鲫鱼就是在中国常说的非洲鲫鱼。原来非洲鲫鱼真的跟非洲有关系！渔夫从图尔卡纳湖捞上来的鱼分成几类：三文鱼放在仓库里晾干；大的尼罗鲈鱼被运到维多利亚湖区的基苏木（Kisumu），从那里继续向全国扩散销售；而小的非洲鲫鱼则马上被放到铁锅里煎，在第二天一早卖给镇上的小店或人家，上桌前只要再用汤汁煮一下就好。

老板娘端上来一整条鱼放在我的眼前，配的主食是一坨乌咖喱。大喜在嚼米拉，什么都不想吃。他示意我开动，可什么餐具也没有。我看着旁边煤油灯光里，一个桑布鲁莫兰正用手抠下鱼肉放进嘴里，他看上去十分潇洒不羁。我学着莫兰的样子，直接上手。那种感觉十分奇妙。

在你的人生里，仿佛从来没有一整条鱼摆在你眼前供你用手随意摆弄，它们不是被切成鱼片或做成鱼块的形式，就是每个人都可以用他们的筷子捅上两下。但现在你觉得十分满足，有一种绝对的占有感。你的手指触到鱼身，却又觉得鱼是否会感受到你在用一种十分野蛮的方法逼近它，因为你直接从鱼肚子上扯下了一块肉嚼了起来，很有嚼劲——在肯尼亚已经16天，几乎没有吃过什么像样的食物，能吃到鱼十分难得，而且这里的鱼都是从湖里新打捞的，从上岸到上桌，间隔不到 12 小时。但不是每个部落都吃鱼，对于图尔卡纳的一些分支部落，吃鱼是禁忌，甚至捕鱼都不行；一些桑布鲁老人也不吃鱼，认为有悖于他们的传统。

我用三根指头揪了一块乌咖喱，放在汤汁里点一点，塞在嘴里。这里的乌咖喱质量不好，嚼起来嘎吱嘎吱像是有沙子。大喜饶有趣味地看着我吃，很快就忍不住了。他说："你是不是害怕乌咖喱？"

他给我示范：揪下来一大块乌咖喱放在手掌里，整个手搓啊搓，搓成一个脏球，然后用大拇指在顶端按下一块凹陷，舀一点汤汁一口放进嘴里。整套动作行云流水，而且只能用右手单手完成。乌咖喱是这样吃的！

鲫鱼肉很鲜美，挖空它的肚子，剔它的背，抠脸蛋肉，翻一个个儿，再一点点儿把它蚕食干净。莫兰已经端起盆来喝汤汁了。连烧鱼用的汤汁都可以这么直接喝掉。

我抹着嘴边的残汁问大喜："'很好吃'用斯瓦希里语要怎么说？"

他想了很久，告诉我："tamu sana."

"sana 我知道，是'很'，那 tamu 就是好吃咯？"

他很痛苦地想了想，说："tamu 是甜。"

"可是食物不一定是甜的，它可能是咸的。那要怎么说？"

他征询了一圈人的意见，最后大家一致同意，就是"tamu sana"。甜的就是好的，没有为什么，他们笑着解释，就是这样。

老板娘希望我明日再来。在这么一个四下无人两眼一抹黑的地方，我也找不到第二家可以吃饭的地方，这家"视野"餐厅就成了我在罗扬加拉尼的固定食堂。

为什么甜的就是好的？我不能理解。

跨文化沟通这件事，永远是我们努力把对方或自己调整成同样的模式，才可能达成的事情。如果对方使用另外一套完全不同的模式，我们就会尝试用自己的方式来解释，如果不能，就会开始尝试改变对方。这也是我在肯尼亚步步走入的困境。我总想知道这是什么，那是为什么，他在说什么。可是知识只能让彼此越来越远，在我们之间形成不能越过的障碍，因为把对方当成谜一般的个体去学习，反而加深了差异。现在想起来，才觉得这是我犯下的最大的错误。忘记去感知，而更多地诉诸头脑。我在努力地区分，区分出桑布鲁、图尔卡纳、朗迪耶和埃勒摩洛，努力地为他们贴好标签，在我的大脑里分别入库的同时，却忽略了最重要的真相：他们彼此间没有不同，甚至与我都没有不同。

7. 探访桑布鲁村落

桑布鲁人住在库拉尔山，山上有一座医院，也是整个罗扬加拉尼镇的医院。从镇上走到库拉尔山要六个小时。健康强壮的桑布鲁莫兰拄着一根长棍，单腿站立着，他让旁人为我翻译，愿不愿意和他上库拉尔山做他的妻子。这是第一个主动和我说话的桑布鲁莫兰。大多数时候他们都是旁若无人地漫步，去桑布鲁人开的小卖店，只和同样阶层的莫兰对话。我托路人问他，他下山来是做什么的？路人说，他来买食物。手上只有巴掌大的一小袋东西，我猜是糖。桑布鲁人不需要其他什么，牛、羊肉是他们的主食，奶和血是他们的饮料，只有糖——他们煮甜茶的必备物——需要通过交换获得。

见我没有对他的求婚做出反应，他有点儿急，怂恿路人告诉我，他已经买好东西，现在就要回去了，问我走还是不走。我十分惊讶，问他要走多久才能回到库拉尔山。“四个小时。”路人比画，“但是他带着你走的话时间会更长一些。”单程四个小时，来回就是八个小时，他走八个小时只为买这么一点点儿糖！

在镇中心南边就有一小块桑布鲁人的聚居地，叫作奇旺加村，大喜带我进村。他们也住在和图尔卡纳人类似的圆棚里，大概几十个圆棚围成圈，就是村寨（manyatta）了。小孩子光着身子跟着你大喊，穆宗古！穆宗古！大喜征得一个女人的同意后，让我进她家的草棚里看看。里面非常黑，光几乎透不进来，一进门的脚边就是灶，烧的是木柴，一个平底锅架在上面，正在烤恰帕提圆饼，烟又大又浓，我几乎睁不开眼睛。

厨房和卧室同在一个棚子里，右边用木栅稍微隔开了一个里间，就是睡觉的木架子床了。女人怀中抱了一个婴儿，脚边跑来跑去的是一个眼睛很大的小男孩。她有些为难地和大喜说话，还不时地看我，一边把她的男孩推给我。男孩开始一脸的高兴，然后女人和他说了两句，他哇的一声大哭起来，一边捶打他的妈妈，一边愤恨地看着我。我干什么了？大喜说，她希望你把这孩子带走。

一个年轻的女人在路边拦住了我和大喜，她的相貌很俊俏，只和大喜说话。如果她没有把圆滚滚的胸部裸露在外面的话，这是一次再正常不过的寒暄。大喜丝毫没有尴尬，她也面不改色，只有我一个人不知道眼睛该往哪里放。我不是没见过部落女人的胸部，她们的衣衫都很简陋，常常从巨大的袖口春光乍泄，而且她们的世界里没有胸罩——文明世界发明的无聊产物。戴胸罩为了什么？抗地心引力？还是防止勾起男人的欲望？部落女人通常有着和母羊相似的乳房，长长地形状饱满地垂在胸前，有的已经垂到肚子上，乳头通常也已经被拉长，是无数个婴孩吮吸过的结果。对部落的男人来说，女人的乳房可能不是性的象征，而是丰裕的符号。

眼前的这个年轻女人很美，甚至有一种若有若无的妖媚的笑意，她的胸也很饱满，可能是还没有孩子，没有下垂到让人不能接受的地步。她让我十分羡慕，坦荡荡地赤裸身体与人交谈，是自由还是单纯？总之是我没法儿体会的快乐。

“她问你要不要给她拍照。”大喜打发她之后，给我翻译他们之间的谈话，“以前有和我一起来的穆宗古会问，哪里可以拍到裸体的部落女人。她总是让我介绍这些人给她。”

“什么？！她不是一直都不穿上衣的？”我很惊讶，“这也是生意吗？”

“嗯。她又喝醉了，是个酒鬼。你没闻到她身上的酒味吗？她拿照相的钱去换酒。”

一些桑布鲁莫兰从镇上回村寨，大喜和他们问好，大家停下来交换些消息。一个莫兰握我的手，在我的手心里悄悄地挠了挠，这又是什么意思？我还在迷惑中，大喜扭头转告我，这些莫兰告诉他这几天会有一场庆典，到时很多莫兰都会从库拉尔山回来跳舞，但是具体是什么时候，他们也说不准。可能是今晚，也可能是之后的某一天，要看月亮的情况——他们在等一个有明亮月光的夜晚。

这些天，镇上确实多了很多桑布鲁莫兰，他们三五扎堆，似乎总在忙碌地商量着什么，或者在自己人开的小卖店门口坐着等待着什么。原来他们有秘密。

“那我们怎么知道什么时候？”我可不想错过这么难得的盛会。

“莫兰会打我的手机，我们已经互留了号码。”

于是到了晚上，我在大喜家门口的院子里随时待命，等一个桑布鲁莫兰的电话。我和他的三个妹妹、三个弟弟、一个弟媳、一个侄女、一个侄子和一个女佣一起躺在沙地的棉垫子上乘凉。家中还有一个位高权重的妈妈，虽然地位崇高，但也只有四十来岁，生得十分魁梧，与罗扬加拉尼常见的几个部落瘦瘦长长的体态特征都明显不同。她的颧骨上分布了些黑色的麻点，开始我以为是特别的装饰，后来发现真的是痣。大妹妹蕾拉和妈妈生得如出一辙，连颧骨上的痣都一模一样。几个弟弟妹妹之间十分相像，都是高高大大的身材，只有大喜一个人与他们不同，十分瘦削。

“妈妈虽然在家中辈分最高，但我是家里的长子，什么事情她都要和我商量才能做决定。而且通常我的意见有决定性作用，我说不行的事情，她就不能答应。”大喜告诉我，“比如我弟弟，他比我结婚还早。这是因为这个孩子上学时就和我弟媳好上了，结果弟媳的肚子大了，这种事在我们镇上是很不体面的。长者们聚在一起，讨论该怎么把我弟弟绳之于法。我妈妈给我打电话，哭得没有人形，说这可怎么办才好。我那时在内罗毕，我就一句话，我说，你哭什么哭，这是好事情！你马上就要抱孙子了！赶紧准备结婚。于是这事就这么定了，弟媳家里也没有异议。

“关于家庭计划这件事，也是我说了算。他们两个年轻力壮，才结婚两年，就已经生了两个孩子。我很郑重地警告他们，为了整个家庭着想，未来三年内请不要再生孩子！我不管他们用什么方法，但我不想再看到新面孔出现！家庭计划，对于这个家走向富裕很重要。”

妈妈不会说英语，她递了一大包米拉给大喜，感觉就像是母亲给儿子递烟一样，然后两人一同嘎吱嘎吱地嚼了起来。大喜下午才和我说过，他三天嚼一次米拉，下午已经嚼了一包，所以今晚不该再嚼，但妈妈递过来的米拉，他不能拒绝。

“我现在的父亲是肯尼亚野生动物管理局的飞行员，经常需要巡视国家公园，所以常年不在家。他是桑布鲁人，我妈妈是索马里人。你也看到了，我和他们几个长得都不像，因为我的生父是索马里人，我和他们不是一个父亲。妈妈自己一个人到了肯尼亚，和现在的父亲结婚。我的生父叫尤素福。”

我记得《走出非洲》中提到，索马里人是十分骄傲的民族，他们不屑与其他部落通婚，比如农耕部落基库尤，比如游牧部落的马赛或桑布鲁。身为阿拉的信仰者，他们更希望与和真主更为接近的阿拉伯人结合，借以提高自己的身份。大喜的妈妈一定是非常彪悍的女人，可以排除世俗对于部族通婚的偏见。

大喜一家待我非常热情，甚至要留我在他家住宿。很奇怪的是，他们自己的住宿都已经非常紧张，两个妹妹要挤在一张床上睡，弟媳还要睡在沙发上，要把我塞到哪里？我还是婉拒了他们的邀请。

今晚的月亮没有露出云层，等到十点，想来莫兰是不会打电话了，我悻悻地回到摩桑朗图。

在摩桑朗图最大的困扰是不能上厕所——实在是太脏了！那个恶心程度我就不描述了。与其装一个不能冲水的西式马桶在那里，还不如种一片灌木丛，让大家自然方便。走了一路，我吸取了不少关于厕所除臭的经验：粪便之所以会臭，是因为和液体接触，干的粪便是不会发臭的，所以一种方法就是大号小号分地点解决；另外，把木柴灰撒在粪便上，也会有吸附剂的作用，不会产生臭气。搬进摩桑朗图后，每天我都对如何排空自己这个问题十分困扰，最后发现只能在洗澡时顺便上个小号（虽然很多人都这么干，却不好意思承认），这个方法的直接后果就是一天我至少得洗三次澡。

洗澡的问题不大，虽然没有电，但我自备有头灯，而且水居然还是热的——你不知道这在夜晚冷风瑟瑟、四处漏风的洗澡间里是多么值得欣喜的事情。开始我以为是太阳照射金属水管的原因，结果发现整个罗扬加拉尼就没有凉水！地方警察局的地下就是一片温泉，这里是镇上自来水的源头所在，所以连洗澡的水都是温泉水。最大的问题是大号，我再随遇而安，也没有到可以在洗澡间里若无其事地上大号的地步。于是每天我都假装没事地去当地的豪华酒店“棕榈荫营地”遛一圈，有时买瓶水或可乐什么的，顺便去参观一下洁净无比的洗手间。他们应该没有察觉我的诡异动机，如果没有发现我的脏拖鞋踩在地上的脚印的话。

8. 沙漠中的长途跋涉

五点半天还没亮，大喜的电话就来了，约好了今天去 No.2 的家里做客。总共只剩四千余人的埃勒摩洛部落有两块聚集地，镇北边八公里处的拉耶尼和再走三公里的科莫台，两个村共有一个神圣岛屿，不孕不育的人可以在那里求子。具体怎么个求法，我没有问，但是大喜告诉我，No.2 年轻时也去求过，只不过不灵验。

在大喜家蹭了姜茶和热煎饼来吃，能量十足。太阳还没有出来，风特别大，我裹了一块围巾在身上还觉得有凉意。我带了一升的矿泉水，他自备了一包烟，准备的是三个小时的长途跋涉。走的全是黑沙石路，但是踩在久经碾压的车辙沟处会好走很多。经过桑布鲁人的村寨，沿着图尔卡纳湖走上一段，仰望过悬崖上的罗扬加拉尼博物馆，再翻过风沙侵蚀而成的黄土坡，才走了全程的三分之一不到。大喜中途说，你等我一等，然后就消失在一棵棕榈树背后。他走出来后，我忍不住问他："是不是去上大号了？""你怎么知道？"因为他身上一股很重的烟味。两人默默地走了一会儿，我终于忍不住说："我问一个问题，你不要觉得被冒犯。我注意到那附近没有合适的树叶，也没有水，你是怎么做到的……你知道的，清理。"他莫名其妙地看着我，说："我口袋里有一包纸。"

拉耶尼村落就在这条路的尽头，大喜说起自己曾在那里上中学，No.2 待他就像待自己的亲生儿子一样。那 No.1 是谁？是一个索马里人，一直在做大麻生意，但是几年前已经彻底消失，大喜和 No.2 都曾是他的顾客。"我给 No.2 带了礼物，对他来说最好的礼物就是一卷大麻烟。"他说。

"我要不要也准备些什么？"

"到那里再说，我会给你安排的。"

埃勒摩洛村落看起来比桑布鲁村落要更舒适些，建造有一个正儿八经的方亭，是村中长老们才可以歇息纳凉的地方。随处可见的是晒在草棚旁的鱼干，走家串户卖凉席的小贩，和正在用布条扯出一片阴凉的妇女。到达的时候太阳已经升得很高，大概十点钟的光景。No.2 家的院落里，一个高高瘦瘦的女人正在用棕榈叶编草垫，她看起来面容很端庄，看到大喜就热情洋溢地招呼我们。她是 No.2 的老婆，芭特丽。

芭特丽让我们在草棚投下的阴凉处坐下，然后煮了滚烫的甜茶递给我们。茶里没有放奶，倒是糖放了不少，因为 No.2 家就是这个村子的白糖交易中心。我坐在阴凉处的很短时间里，时不时有人来买糖。同样地，也是看不见钱的交易，来买糖的小孩子拿着小罐子，芭特丽就舀上满满两勺给他。就是从一个其貌不扬的生了锈的铁罐子里，它就放在院子里的沙地上，这就是这家人的经济来源。夫妇俩有三个草棚，最大的一个是卧室兼客厅，侧边的一个是客房，还有一个草棚做厨房用。鸡在院子里走来走去，每只的脚上都穿了极精巧的珠链，是芭特丽为了认出自家的鸡做的记号。

No.2 从卧房里没精打采地出来，两眼依然是通红的。在肯尼亚北部见到的很多人不像我想象中那样有着极为黑白分明的清澈眼睛，而是眼白浑黄，甚至有划痕。我常想，是不是因为风沙很大，常会被沙石之类的割伤呢？但嚼米拉的人、长期使用大麻的人和喝私酿烈酒 Chang' a 的人不在此列，他们的眼睛有一种受到刺激的鼓胀感，像是杀红眼的状态。大喜和 No.2 进屋里去解决他们的私事，一股烟熏的甜味从屋内飘出。

我本来打算带的礼物是水果、零食之类的，但是大喜带着我走出院落，去了一家私人杂货店。“给他们买一些乌咖喱粉，还有面粉，他们需要这些。”杂货店的老板恨不得扛十斤一包的给我，被我婉拒，两种东西各买了两斤。

“然后再买些糖。”大喜指示我。

“买糖？ No.2 家就是卖糖的，他们还要糖做什么？”我十分费解。

“对，所以我们在他们家买。”

这我就更不明白了。

回到家里，芭特丽舀了满满两大勺的糖出来，放在铁罐上。我给了她一张整钱，然后戳了戳大喜，让他转告芭特丽，我真的不需要糖，她可以放回去。根据我的理解，整个逻辑是：No.2 家最需要的是钱，但不好意思直接开口找我要钱，所以他们建议我向他们买些糖，可以间接地给他们一些钱。

“你不知道，今天你给 No.2 两夫妇的生活带来了多大的不同。”大喜和我坐在阴凉里，看着来来往往的村民，“你看到埃勒摩洛人有什么异常没有？”

我看到一个穿着传统服饰的老奶奶戴了一副黑超从院口走过，很超现实。

“不是让你看黑超……靠山吃山，靠海吃海，埃勒摩洛人挨着湖就只能吃湖，他们一日三餐都是鱼，蛋白质摄入过量，其他的，比如维生素、碳水化合物、微量元素什么的一概没有，很多人因为营养不良很早就死了，还有就是骨骼畸变的问题。埃勒摩洛人的腿多数都有关节突出，站不稳，也走不了长路。”

“No.2 一家，睡醒了一睁眼，早餐就是鱼。如果他不去捕鱼，一家人就得饿一天。我不知道他们有多久没有吃到过乌咖喱了，你看芭特丽多开心，马上去厨房准备午餐了。”

我确实没有想到自己的举手之劳可以让这家人这么开心。夫妇俩住的草棚比桑布鲁人的要大些，外屋铺了一张草席，太阳移位没有阴凉后，客人们就挪进屋，坐在草席上聊天。墙上有一些老旧兽皮之类的装饰物，据说是今年五月罗扬加拉尼节时表演的服装。外屋和卧室之间隔了一道布帘，里面有两张矮木床，夫妻俩各睡一边。木头墙上挂的是两人的衣服，一共也没几件，一张小台子上引人注目地放了两套颜色不同的珠盘颈饰、两套十字银牌额饰。串珠做得十分精致，一共四层，呈火山锥形，这都是芭特丽的首饰，她自己一点点做出来的。我默默感叹，连乌咖喱都吃不上的生活中，美还是不可缺失的存在。No.2 只是躺在床上，除了捕鱼，家里没有什么事是需要他做的，可以说芭特丽高高兴兴地挑起来整个家的担子，不是他们一家，几乎整个部落都是这样，家由女人撑起来。

我觉得不应该留在 No.2 家里蹭饭吃，一共也没几口，再添两张嘴的话这个家承受不了，所以建议大喜直接上路。已经是中午太阳最猛的时候了，留也不是，走也不是，但我一咬牙还是决定上路。大喜也不反对，只是说由我决定。

这条路在清晨走起来不算费劲，三个小时也就走到了，但是在正午时分反过来走简直就是地狱，我终于明白为什么对坏马赛人的惩罚是打入沙漠。黑沙石路走起来像没有尽头，每一步都踩在晒得滚烫的地面上，我穿的布鞋露出脚背，被晒得火燎燎的；直射脖子的太阳光晒得人头都抬不起来，只能闷头不吭气地往前挪。开始时，我还可以享受脚步踩在沙石上碾压的咯吱咯吱声，慢慢地觉得声音都已经听不到了，耳朵里是一条细线般的蜂鸣声，两只手因为一直垂在身旁，早已充血，手指粗了一大圈，一阵一阵的鼓胀感。我用围巾把头整个包住，觉得晒伤哪里都好，给我留张好脸吧，也就这一个心愿了。

光秃秃的地表，裂出一道道深深的口子，两个人影撒在上面，简直就可以忽略不计。虽然也能看到寥寥几个人影——挥着鞭子寻找走失的羊的老人，撑着长矛健步如飞的桑布鲁莫兰，提着水桶不知要去哪里找水的小孩，他们都走得飞快，没有人像我们一样。大喜连烟都没抽，估计他拿出烟来就能直接点着了。绕过一座小丘，是更多的小丘；走过一片戈壁，是更多的戈壁。很热、极晒、非常渴，我的一升水被有计划地按比例喝下。求生者贝尔说，每次喝水不要超过剩余水的一半，即使只剩最后的一口，也只能喝一半。我谨遵贝尔的教诲，但最后无限小的那一半还是在路途中间就吸吮光了。脚步机械地向前迈，心想，马上就能看到那片被风沙侵蚀的黄色小山了；翻过小山，心想马上就能看到大喜上大号的棕榈树了；经过棕榈树，觉得悬崖上的博物馆就不远了；走到博物馆的时候，终于崩溃了。大喜说："先别垮下，前面就是我说的'神一般的转角'。"

一个转角，我们终于见到碧绿碧绿的图尔卡纳湖——一个在沙漠的烈日下长途跋涉了三个小时的人看到图尔卡纳湖的喜悦是不能传达的。最后的一公里外，就是桑布鲁的村落了。似乎这最后的一公里异常漫长，我已经对脚下一踩就会裂开的石灰碱土异常厌恶了，一踩就像踩碎了一包苏打饼干一样让人不安。我不知道大喜是靠什么念想来支撑自己的——我们事先说好路上不要聊天，越聊越渴，要保存唾液——支撑我的是一瓶冻可乐。

进了桑布鲁的村落，大喜犹豫地建议，要不，我们先回我家吃午饭？我立刻绝望地喊起来："不行！必须先去喝冻可乐！"谁也不能阻挡我在这样的辛劳后，要一口气喝下一瓶冻可乐的愿望！

冻可乐被倒进胃里，我和大喜相视泪千行。两人都没有说出的那句话是，我们做到了！我们作为一个整体经历了一次艰巨的考验，什么都不用说了！（也可能是，此刻大喜恨我恨到心坎里，什么都不想再跟我说，因为如果不是我的坚持，我们大可以在 No.2 家吃个午饭，睡个午觉，到太阳下山再往回走……）

中午，我在大喜家头一次吃到"极带力（githeri）"玉米豆子饭，用的是极硬的玉米粒，很有嚼头。我后来总在各个地方点这种食物来吃，但再也没吃到过比那顿更美味的了，因为缺少了重要的作料：一段午时烈日下的沙漠之路。

9. 疯狂的桑布鲁莫兰聚会

等待莫兰电话的第三个晚上，八点过十分，大喜放下还在发光的手机，说：走。

没有火把，没有人迹，皎白的月光照亮通往桑布鲁村寨的路。似乎是参加一场需要邀请函的神秘祭典，我们不请自到。超过五十个孩子已经风风火火地冲出村寨，不知是因为我的皮肤在月光下反光还是怎样，他们发现了这个潜入寨子的外乡人。

“穆宗古！穆宗古！”五十个声音一起喊。大喜一边竭力把他们轰走，一边在远处的黑影中找他的线人。这些小孩向来十分热情，他们撕扯你的衣服，拉拽你的胳膊，乘乱在你的腰上掐上一把，都争先恐后地要把汗津津的手塞到你的手心里，都觉得拉着穆宗古是一种荣耀。部落的人不把小孩子当回事，睡眠的长者被吵醒后会拿长棍朝孩子群挥去，挥他们个鸡飞狗跳；要么就是从地上抓起一把碎石，整把向孩子们撒过去。

白天，被烦透的我有必杀技：只要死死地盯着某一个孩子的眼睛，他就会由挑衅的对视变成紧张的闪躲，变成害怕，最后哭着跑开。这个必杀技屡试不爽。一是因为镇上有个光头的疯女人——据说疯之前是个医生，不知道为什么就疯了，每天在大街上游荡，衣服的后背一直是敞开的——我被她死死盯过一上午。走到哪里她都跟着，我坐下她也坐下，我走她也走，我吃饭她就坐在桌子对面，死死地盯着我的眼睛。结果是，我由挑衅的对视变成紧张的闪躲，变成害怕，最后就要哭着跑开了，镇上的人才帮我把她拖走。由此我认识到眼神的杀伤力。二是部落的人都害怕朗迪耶人，据说他们极其善妒，如果在镇上看到美丽的女孩裸露的手臂或者皮肤很好，朗迪耶人就会使用“以眼杀人”的巫术，让美丽姑娘的皮肤长疹子，让可爱幼儿的眼睛看不见——缘于妒忌的黑魔法。但是黑暗中我没法儿施展必杀技，五十个小魔怪像苍蝇一样挥之不去。

真正的莫兰们已经开始跳舞的仪式，大喜赶紧带我朝神圣的莫兰圈靠近。没有篝火，也没有乐器，二十来个精心装扮过的莫兰围成一个圈，几乎都是一致的鸡冠头（插了长长的山鸡毛，戴了塑料假花），留着红色赭石涂抹的长发，赤裸上身，下身只围裹着一块布。所有人都拉在一起，有四个莫兰在中间，他们可能是最棒的舞者，所以由他们来决定唱哪首歌，跳哪种舞。几乎没有女人，小孩也不被允许靠近，这是莫兰阶层自己的神圣仪式，不知是关于割礼，还是莫兰的升级庆祝。中间的人开始不费力地跳高，于是外圈的人也跟着跳高，此起彼伏；中间的开始领头唱一句歌，外圈的人便开始跟着人声和音：“嗷——咦！”“嗷——咦”“吼吼”“吼吼”，只是单一的节奏，伴随着咳痰一样的喉音吼出来，中间的领头人便喊出一段一段的话。听不出来旋律在哪里，似乎是在一唱一和地讲故事。讲故事的同时，外圈的人像迈步走路的鸡一样，原地一节一节地伸出自己的下巴、缩下巴，挺胸、收胸，撅屁股、缩屁股——关键是原地。

这动作我模仿了几个回合，可能是做得还挺像样，一个高大的女人把两个莫兰的手拉开，要把我塞进去，结果五十个小孩也哄的一下要挤进来。一个老年妇女拿着长棍子猛地抽了过来，我和孩子们都被打在大腿上、屁股上，倒也不疼。高大女人赶紧拉着我去圆圈的另一端，我战战兢兢地去拉莫兰的手，结果被他愤怒地一把甩开——他是高贵的桑布鲁莫兰，怎能被一个穆宗古亵渎！倒是旁边的一个平民松开了他和莫兰的手，让我站在他们中间。说他是平民，是因为他没有穿传统的桑布鲁服装，可能和我们一样，是镇上的人，听说了仪式才赶来的。

我右手边的莫兰个头儿不高，和我差不多，我拉着他让他很紧张，我也很紧张，不多会儿两人手心里都是汗，但他仍然坚持攥我，攥得很紧。我们一起跳“鸡之舞”，我听音辨歌，和他一起吼着咳痰的声音，为领头人伴奏。一首歌毕，莫兰们跳出圆圈，在场的女人尖叫疯跑躲闪，我一头雾水，不知道是什么情况。然后四五个莫兰依次跳到我的面前，把手掌放在我的头顶上，说“哈提提”，也有人将手掌扶在我的腰间，说的也是“哈提提”。他们“哈提提”我，我也不失礼节地“哈提提”回应他们。我猜是问好的方式。几首歌下来，我估计被哈提提了不下十次。

皎洁的月光下，和二十来个血气方刚的莫兰一起跳着原始的舞蹈，我做梦也想不到会有这样的场景。大喜则一直在旁边默默地监视场面，不知跳了多少首歌之后，他突然走过来把我拖出圆圈，说："现在是时候了，赶紧走！"

我也不多问，气喘吁吁地跟着他往镇上的方向走，回程的路上正碰到他的二弟急匆匆往桑布鲁村寨赶。我好意地提醒他，跳舞仪式已经结束了。他露出诡异的一笑，然后马不停蹄地继续赶路，似乎怕错过了什么。

"后面还有什么节目？为什么我们要赶紧走？"我问大喜，以为会有杀羊宰牛之类的活动。

"后面的内容就不适合你了，后面是桑布鲁莫兰和他们的女人之间的事。"他整理了一下思路，"桑布鲁莫兰在库拉尔山放牧六到七个月，连个人影都见不到，更不要提女人。现在终于下山，他们憋了很久了。"

"什么？！"我大惊，"难道……就地？"

"不不，他们不会真的强暴你。女人还是穿着衣服的，但是他们会就地把你放倒，摸个遍。"大喜不再多做解释，"你刚才被哈提提几次？"

"不知道，十几次吧。"

"那是他们在预定你后面的节目。如果你被哈提提了，说明之后你就是他们的了。不过你可以从这些预定你的人里面选，你愿意跟谁才跟谁。你看到那些桑布鲁的女人，她们都逃开，只有你在那儿傻站着。"

哇！真惊险，还好大喜带我闪得快。看来二弟就是去趁乱占便宜的。

桑布鲁的年轻男女之间有一种松散的关系——并非单纯的性关系，还包括莫兰对于女朋友的义务，这在《白色马赛》一书中有过描述。有一点不得不提的是，由于世界范围内对于肯尼亚部落的普遍不了解，常把桑布鲁人与马赛人混为一谈，甚至连这本出自和桑布鲁莫兰结婚生子的瑞士女人之手的书，也因为对市场的考虑，将书以马赛人命名。

确实，两个部落有着相似的文化传统，说的都是马语（Maa），也采取类似的年龄制，每 15 年有一次年龄进阶仪式：少年通过割礼晋升为新的莫兰，负责保卫村寨的安全；而原来的莫兰晋升为初级长老，负责村寨大小事务的决策，此时莫兰蓄了多年的长发就要被剃掉，只能留短发；初级长老又要经过一定的年数，才能晋升为资深长老。

年轻莫兰可以和任何没有经过割礼仪式的少女发生关系，可以发生任意多次关系，并把她当作女朋友。但莫兰不能和女朋友结婚，反而要在她婚前为她准备足够多的串珠、首饰、嫁妆，让她风风光光地嫁给部落指定的对象。由于长老统治的社会制度安排，桑布鲁的莫兰一直到 30 岁都不能结婚，只有晋升为长老才可以娶妻。

我觉得十分庆幸，可以在离开罗扬加拉尼之前看到这场私密的莫兰聚会。血淋淋的宰牛仪式我恐怕没有眼福了，幸运的话会在明天下午举行，但我也知道，桑布鲁人对于时间没有什么概念，也可能是不知道哪天的一个日光很好的下午。在这个交通极其不便的荒漠里，能有一部车前往下一个目的地——马腊拉尔（Maralal）已是极大的幸运，更幸运的是，这车就是大喜叔叔的卡车——我提前三天交付定金，就为享受司机车厢座位的殊荣。

10. 深夜，前往马腊拉尔

深夜一点五十九分，我推开大喜的小妹跷在我身上的大腿，然后摸索着下床，摸到沙发边的我的大包，在弟媳的打呼声中悄悄钻出客厅。

在罗扬加拉尼的最后一晚，我退掉摩桑朗图的草棚，和大喜的姐妹们一起睡在客厅里。很清醒地，我拿出早就准备在外套口袋里的头灯，去茅坑上了个厕所，然后就在他家门口的院子里坐下。两点十五分是约定的卡车开车的时间。我提前十五分钟起床，整个镇一片漆黑，只有星星在闪烁。街上没有卡车，也没有等待的乡民，叔叔家的院子连灯都没有点。我摸到大喜的房间门口，里面也一点儿动静没有，他应该也睡得正酣。

我走到阿叔的店门口，发现那里躺了好几个人，都还睡得正香。也就是这几个人，在两点十分的时候，一骨碌翻坐起来，一副马上就能上路的样子。两点十二分，大喜起床，在阿叔的店门口找到了我。两点十五分，一辆大卡车从蒙蒙雾气中驶来。

运货的、赶路的乡民依次爬上卡车顶，那种经历我也熟悉，好在这次不用再遭罪。我没和阿叔打过什么交道，但是大喜把我托付给了他，五十多岁的穆斯林面无表情地示意我上车等着。他的大胖儿子揣了一口袋的饼干糖果也上了车，坐在我的旁边。阿叔进屋里搀扶着他的妻子出来，妻子怀里抱着的是不停咳嗽的小儿子——这家人特意安排的卡车行程就是去马腊拉尔看病的。我不小心瞥到，婶婶竟然是一个非常年轻的少女，比我还要年轻，而且十分高挑，面容俊俏，但已是两个孩子的妈。

婶婶抱着孩子爬进司机后座，横躺下来。胖小子坐在我旁边，但表现得对我异常畏惧，于是阿叔把他放在膝上，把一杆用绷带缠着枪把的AK47立在我俩之间，枪管就靠着我的大腿。一家人对我不闻不问，完全当我没到，我也觉得相当自在，可以戴上耳机听着音乐打发十个小时的时间。接近清晨四点，司机示意我们下车。我以为是要大家去小便，结果阿叔和车顶的几个人一跳下车就趴下了，都不知他们从哪里变出的毯子，大家面朝着麦加的方向行跪拜礼，进行晨祷。我这时上车也不是，去灌木也不是，顿时觉得自己十分龃龉。只见婶婶也跳下车，若无其事地往灌木里走，我才跟着过去。

此行要经过南霍尔（South Horr）和巴拉戈伊（Baragoi）。如果事先知道这条“洛马之路”是肯尼亚最危险的路线之一，我一定连眼皮都不敢合。阿叔带枪上路不是为了耍威风，巴拉戈伊所处的苏古塔山谷是肯尼亚武器最泛滥的地区，牧民几乎人人佩枪，不管是用四头牛从索马里换来的，还是用三万先令买下的，或者从哪里搞来的警察淘汰的G3旧枪，谁的枪厉害谁说了算。

这里不是一片轻易原谅的土地，部落之间睚眦必报，为了争牛不惜大动干戈。图尔卡纳人、桑布鲁人和波克特人因为偷牛这件事，从1996年开始不时有火并，巴拉戈伊镇中心就是部落间看不见的边界线。最近的一次部落冲突发生在2011年12月28日，图尔卡纳、桑布鲁两个部落的偷牛贼在镇上交火，光天化日之下把一个16岁的桑布鲁男孩打死，第二天一名警察在巴拉戈伊镇外跟踪图尔卡纳人，要求他们把偷走的牲畜还给桑布鲁人时也被打死。各个部落都有自己藏匿赃牛的领域：桑布鲁人的地盘是镇北四十公里处的恩伊洛森林，波克特人把牛藏在镇西北高温炎热缺氧又缺水的苏古塔山谷，图尔卡纳人的领地则在周边的丛林里。

但我当时什么都不知道，也没有人跟我提过巴拉戈伊是这样一个交战区。我见到的巴拉戈伊宁静而安详，虽然阿叔对我视若无睹，但我还是在他们一家闪进小吃店时意识到，早饭时间到了。我就坐在游廊里喝了一杯热腾腾的甜茶，吃了两个油乎乎的曼达滋，非常满意。

一个多月后，我在内罗毕看到新闻：巴拉戈伊的偷牛贼武装伏击警察，造成50名警察死亡，更多人员受伤，失踪人士若干。起因是一百只动物。

马腊拉尔是桑布鲁地区的首府，这里有大约16000桑布鲁人。镇上经常可以见到三五成群的桑布鲁年轻莫兰并排走，有的甚至会骑自行车——那场景十分超现实。我希望结识一个真正的莫兰。在罗扬加拉尼时，大喜的六叔洛昆杜尼亚就是一个莫兰，我与他有过一面之缘，我对大喜提起他时总是简称他为橘色莫兰，以他的橘色裹腰布命名。但我和六叔没有过交谈，语言不通是最大的障碍。

距离入住的太阳鸟旅馆不远有一家照相馆，门口挂着一块非常显眼的广告牌，上面画的是一个长发莫兰戴着他全部的首饰拍护照照片的样子。什么情况下莫兰需要使用护照呢？莫兰真的可以穿成这样拍护照照片吗？只是十年前，桑布鲁男人还认为穿裤子是很“娘”的行为，直到近几年他们才在裹腰布里穿上一条短裤。可能是对自己的男子气概异常自信，他们大胆地使用西方文化里的柔美元素：粉红、碎花、水彩色、串珠等。桑布鲁的莫兰可以说是整个部落中最美的存在，只有他们可以蓄长发，编发辫，可以极尽所能地用红色赭石装饰他们的身体，女人只能一概剃光头。

照相馆的老板穆王吉是一个精明的基库尤人，他的照相馆还兼具玩具店、理发店、杂货店、打印店等功能。他的电脑里有莫兰拉着女朋友的照片，有部落宰牛祭祀的照片，有各种莫兰稍带惊恐表情的大头照，其中一个酷似年轻版的刘德华。“你明早来，明早莫兰们会来我这里拍照。”

我如约在早晨来到他的小店，第一个莫兰在十点出现。他头上包着粗布红头巾，正中插了黄色假玫瑰，两耳耳廓处各戴了一根小拇指长的串珠短柱，短柱直挺挺地横在耳边，看上去有种太阳穴被打穿了的错觉。耳洞被曼妥思大小的白色耳塞撑得巨大，一条金属色的长耳线跨过下巴，挂在两个耳朵上。脖子被六层不同形状高度的珠串填得满满当当（我怀疑他不能低头），珠串边缘点缀的银白色圆片覆盖在他赤裸的胸膛上，肩上挂的两条珠链在胸前交叉。左右两手各戴六个极有分量的串珠手镯，下身则是流行的撞色——橘色撞天蓝，脚踏莫兰人手一双的白色塑料凉鞋。

他看到我有点惊讶，但还是照例和穆王吉打招呼，似乎已经是熟客。他既不照相，也不剃头，他就是来照镜子的。他对着镜子整理自己的仪容，前后左右地把自己审视一遍，然后异常满意地离开了。他不是唯一对这家店有依赖的莫兰，后来的每一拨莫兰，都会毫不掩饰地在镜子面前欣赏自己，然后径直离开。两面相对的大镜子满足了周边莫兰爱美的需求。

他们不苟言笑，似乎连照镜子都是一件非同小可的事情。进门时他们与我握手，向穆王吉问好，但遇到同样的莫兰时，则使用他们自己的握手方式：两手握在一起，大拇指互相挤压着摩擦两次。他们在店里挑上几朵假花，在朋友的帮忙下插在头顶的支架上，让已经插上的山鸡毛、绿光闪闪像圣诞节彩带一样的装饰物更加亮眼一些——没错，我想他们是在按照装点圣诞树的法则装饰自己的头顶。几个莫兰对进的新货——一只上发条的玩具鸭子很感兴趣，其中一个把发条拧紧之后，鸭子在桌上绕圈走。他们围着它看，咧着嘴笑。我看他们看着中国产的劣质鸭子咧着嘴笑，我也跟着咧着嘴笑。他们看到我笑，觉得我在和他们笑同样的东西，于是大家就心有灵犀了。

其实，他们也只是年轻人。莫兰年纪大多都在 15 到 30 岁之间，喜欢新奇的东西，也喜欢追求潮流，只不过我们彼此对潮流的定义不同。我们的年轻人以有一台 iPhone 为荣，他们则是人手一根一头加重的棍棒；我们的年轻人买各种品牌的包，他们则用一只袜子装各种贵重物品，比如鼻烟壶、几个硬币；我们的年轻人买手表戴首饰，他们则是往头上插花。

11. 与火烈鸟的一场私会

博戈里亚湖是小火烈鸟的天堂。

全肯尼亚有四处可以看到这种粉红色生物：纳库鲁湖、博戈里亚湖、埃尔门泰塔湖和马加迪湖。

大名鼎鼎的纳库鲁湖盛极一时，曾有两百万只火烈鸟栖息其中。但从1993年开始，工厂排放大量重金属，污染了湖水，导致火烈鸟大批量死亡，并且干旱和过度降水引起的剧烈水位变化直接影响着火烈鸟的主食——蓝绿藻的生长环境，导致鸟群大规模迁徙。最惨烈的时候，纳库鲁湖上仅剩一千只火烈鸟。博戈里亚湖和埃尔门泰塔湖都是新的火烈鸟移居地。在纳库鲁湖的环境逐渐改善之后，一些火烈鸟又迁徙了回来。

粉色的烟雾，漂浮在盐碱湖面。距离博戈里亚湖正门13公里的瞭望点，我第一次见到梦中的大鸟。

从第一次知道有一种大鸟和西班牙国舞弗拉明戈叫相似的名字，它们匪夷所思地把粉色——这种与动物界不搭边的颜色——大面积地长在羽毛上，知道它们成片成片地飞行，像云，像轻盈得没有一点儿质量的棉花糖，像不可触及的梦幻，一幅清晰的画面就出现在我的潜意识里：我一个人面对着一片粉色的湖面，成千上万的火烈鸟无声地扑动着翅膀。

你一直知道，它们与你有一次私密的约定，不管在哪里，你看到何种它们的幻象——在动物园里，在度假村里，黯淡的羽毛耷拉着，它们蓬头垢面地出现在惨黄的杂草上，那都不是它们。你知道，它们仍在地球的另一端等着你。

画面在这一刻成真。

我说不清为什么对火烈鸟有一种莫名的情结，如果在印加古道上看到羊驼，我是否也会这样动情？它们似乎都曾经是你的一个环节。你清楚地知道，要如何在水面上跑步，大蹼足啪嗒啪嗒地一蹬，便倏地腾空，就着惯性，临界线突然就被超越，重力作用失灵，高大的身体像气球一样飘起，风吹过脸颊，你闭上眼睛；你清楚地知道，与另一只白色的大火烈鸟的一次对视，它在什么时刻，曾用圆溜溜的红色眼珠直视过你，展开洁白的巨大翅膀，给你看它鲜红的内侧羽毛，它扑棱着翅膀，邀请你共同用嗉囊乳养育一个宝宝；你清楚地知道，如何一个纵身钻进水面，光洁的屁股露在水面上，你用力保持平衡不让自己再翻转回水面上，用尖尖的喙拨弄池底的淤泥，翻出那些甲壳小虾和浮游生物，它们悬浮在四周，你吞下食物时有份喜悦；你清楚地知道，那样细长极易折断的双腿要怎么控制，优雅的步伐要怎么迈出，怎么维持“S”形长脖子的角度，又怎样才能亦步亦趋。

所以我怎能把它们看够。

陪伴火烈鸟有三种方法：一是像一只火烈鸟一样；一是像太阳一样安静地注视着它们；一是像雨露一样为它们洒下泪水。第一种身为人类的你已做不到，可是你可以用自然界的语言与它们沟通，它们懂得太阳和雨露的语言，所以懂得你的注视与泪水。

十八口间歇泉集中在湖岸的西侧，黑色的岩石地表下蕴藏着巨大的能量，猛地喷出五米高的炽热液体。温泉水洼咕嘟咕嘟地冒着热气。

雨滴淅淅沥沥地打在博戈里亚湖面，火烈鸟呼啦啦地飞起来，盘旋在东面的斯拉乔峭壁之间。

12. 徒步卡卡梅加森林公园

卡卡梅加（Kakamega），这四个音节从嘴里错落有致地蹦出来，有一种奇巧的美感。这是肯尼亚西部高地上独一无二的一片热带雨林。曾经，森林的雾气中有大猩猩的身影，结果被那些走到哪里都要喝茶的英国人搞砸了，他们费尽心思把这里改造成茶园，现如今森林只剩下一窄条。但长尾巴的黑白疣猴还在，果蝠和飞鼠依然自得其乐。

从卡卡梅加镇到森林南边的入口伊赛切诺还有很长的距离，需要雇一辆计程车，运气好的话，可以找到载客摩托车捎上一程。司机告诉我，这个地方以前不叫卡卡梅加，至于叫什么名字他已经说不上来了。第一个来到这里的西方人在镇上的小餐馆吃乌咖喱，小孩子叽叽喳喳地围着他讲话。他问："这里叫什么名字？"小孩子以为他在问："乌咖喱要怎么吃？"于是争先恐后地回答："哈哈梅加！哈哈梅加！"意思是让他在乌咖喱上掏个洞，蘸汤汁吃，"哈哈梅加"在当地语言里是"掏个洞，舀"的意思。于是这个西方人就把"卡卡梅加"这个名字带回了西方，从此这里就顺势更名为"卡卡梅加"。

我对这个故事很满意。计程车司机总是知道旅行者喜欢听些什么。

他把我放在森林管理处。根据2010年的旅游指南，卡卡梅加森林南部的伊赛切诺地区不用买门票，北部的布阳谷是卡卡梅加森林国家保护区，要收取20美元的门票。但显然南部不甘落后，包着深蓝色大头巾的锡克管理员告诉我，不仅要收取600先令的门票，而且是按天收费；不仅门票要收钱，有向导陪伴的徒步路线也要收费，住宿当然要收费，森林里的膳食更是昂贵。

我觉得很失落，两年前的中文版《孤独星球》已经远远落后于肯尼亚旅游行业的发展速度，几乎所有的国家公园的门票都已经翻倍，并且住宿费也远远高于参考价格。我不知道涨价幅度有多大程度取决于我的外国人身份，又有多大程度归功于旅游业的蓬勃发展，但是一支高露洁牙膏在北霍尔卖100先令，在卡卡梅加附近只卖20先令，感觉上还是有哪里不对劲。总之出发前做的行程预算几乎已经在第一阶段花光，那张纸可以烧成灰喝掉了。

在卡卡梅加森林里行走，必须有向导的陪同，在管理处登记时每个游客都会被指定一名向导，所有的行程都和这名向导商量决定。

导游尼可拉斯为我画了张非常明白的地图。卡卡梅加森林主要有四条步行路线：往北部布阳谷方向徒步的短线（两小时，白天：500先令；夜间：1200先令），往南边利汉达山徒步的日出线（四到五小时，1000先令），往

↑每年有近 25 万匹角马在迁徙途中死去，50 万匹幼儿在回程后新生，循环往复，生生不息

但不是所有塞伦盖蒂的角马都迁徙，也不是所有迁徙的角马都过河，更不是在马赛马拉就一定能看到“天国之渡”。这是关于地球上最浩大的哺乳动物迁徙的主要迷思

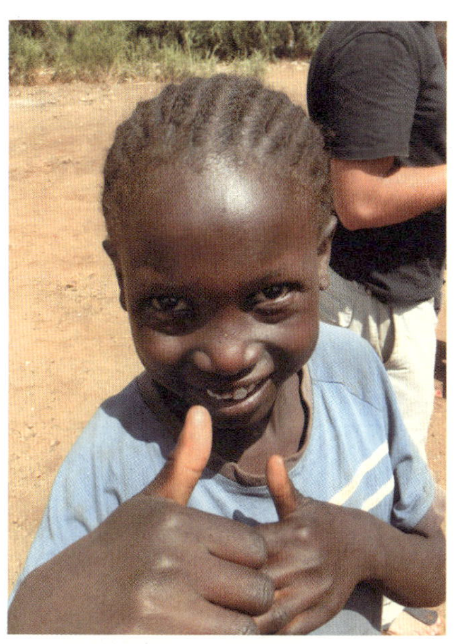

↑孩子的快乐总是可以很简单

↑我看到了熟睡时的幸福，却看不穿清醒时眼神的背后

↓ Fursa 儿童中心

↑伊西奥洛市集

↓伊西奥洛电影院

↑北霍尔的蓝色拱顶教堂，近半个世纪的福音

↓马萨比特市集卖牛奶的妇人

↑北霍尔到马拉波特沿途的海市蜃楼

↓覆盖着破布、剑麻席的曼达西帐篷

↑图尔卡纳女孩

↓图尔卡纳妇女

↑ 随时拿着小板凳的图尔卡纳男人

图尔卡纳湖边的捕鱼人

我亲爱的朋友，你们都好吗？（大喜一家）

↑美好的小精灵——火烈鸟远景

↓它们懂得太阳和雨露的语言，所以懂得你的注视与泪水

↑ 画卷般的博戈里亚湖

↑桑布鲁莫兰——部落中最美的存在

↓桑布鲁姑娘

光头桑布鲁妇女

柔美元素集于一身

↑有着刚果近亲般坚毅脸庞的黑白疣猴

↑美的曙光——利汉达山上的日出

西边徒步的日落线（两小时，800 先令）和去雅拉河看瀑布的长线（六小时，800 先令）。

利汉达日出线早上四点半出发。起床的时候，满月还明晃晃地挂在松树梢间，我匆匆地在厨房烧了一壶热水，煮甜茶当早餐。尼可拉斯已经在客厅等我。他有典型的卢希亚人的相貌——这是我私人总结的。自从进入卡卡梅加西部高地，看到的面孔通常都是圆盘脸，微凸的大圆眼睛，显出一点儿兴奋的神色。本地人都可以从体貌特征甚至走路的样子一眼看出其部族，比如基库尤人“很大个儿，肩宽体阔”，马赛和桑布鲁人“大多是长脸，肌肉很紧凑”，索马里人则是“瘦瘦长长的一条，手长脚长”……那我总结出卢希亚人的特征就是“圆脸凸眼”。

四点半的卡卡梅加还在熟睡中。这座森林里没有什么大型夜行动物，最多的是鸟类和灵长类。我和尼可拉斯走在一条东西向的大路上，路的两边有数不清的小径通往密林深处。固然是没有路灯的，一根根的高大树干正被等距立好，就是没有电缆，据说是因为选举换届，上一任政府承诺的事总被下一任搁置。尼可拉斯用他的手机电筒为我照明，我示意他可以关掉。满月洒下的银光亮得超乎人的想象，路其实十分清楚。好友曾经告诉过我一条夜行经验——黑泥白水黄是路。意思是，不反光的是泥淖，不能踩；反光的是水潭，也不能踩；黄色的才是能走的路。

林间有些虫鸣，有些鸟兽的窸窣声，最美妙的夜行经验其实就是一个“静”字。尼可拉斯尝试打破宁静，想向我介绍一些卡卡梅加森林的数据常识：“卡卡梅加，占地两百多平方公里，有三百种鸟类和四百种蝴蝶……”我猜他在学校里进修时一定把这句话背了无数遍。

“尼可拉斯，我想听些有趣的东西。”

“你想听些什么？”

“比如关于卢希亚人的故事，或者关于卡卡梅加的传说。”

“让我想一想。”他被我打断后，思路有些阻滞，“你知道夜奔者吗？”

我的胃口被吊上来了：“是梦游的人吗？”

“不是一回事。夜奔者在卢希亚人生活的地方常能看到。比如现在，日出之前这段时间。我们这样在大路上走，他们就赤裸着身子在森林里跑，跑得飞快！他们在偷偷地监视我们，但是我们不能去看他们，如果被人发现，他们一下就消失了。”

“他们是人吗？还是精灵？”这倒很有趣，不仅梦游，还裸奔。

“他们是人，就是村子里生活的村民，男女老少都有，但是通常是年轻女人比较多。即使你目击了她，第二天你去问她，她也说不知道，因为夜奔者其实是在秘密地施巫术。有时他们绕着你的房子跑，第二天你的牛、羊都不见了。有时候在你的屋顶跳，让你倒霉。”

我在书上读到过，卢希亚人在所有部族中是最信仰巫术的一个。肯尼亚作家恩古吉·瓦·提昂戈的著作《天才》里，提到用死蜥蜴、干青蛙做的符咒对人有极大的威慑力，被污秽的排泄物泼到身上会厄运缠身，甚至妇女当众露出屁股也是巫术诅咒的一种。不知道其中有多少和卢希亚人的传统有关。

一个半小时的脚程就到达利汉达山顶。半途中经过朗多度假酒店，这是一家端庄又华丽的高级旅馆。娇生惯养的美国后生们坐着游览车，比我们提前到达山脚，但还是在登山过程中被我们超越。坐在长草中，我和尼可拉斯吃着一包饼干，等待一场日出。

暗绿色的森林沉默地卧在山脚下，白纱一样透明的烟雾如梦如幻地穿行在密林之间。你好奇这云雾从哪里来，然后看到雾气蔓延，呈河流的形状，弯曲着穿过整片森林。气温渐渐升高，雅拉河蒸腾的水汽也渐渐散去，河流不见踪影。太阳已经照亮整片山顶的芦苇丛。

20 世纪 30 年代，英国地质学家艾伯特·奇特森发表了两篇关于卡卡梅加金矿的报道，第一篇提到了卡卡梅加有丰富的资源，唾手可得；第二篇则把卡卡梅加的森林步道与 1897 年的加拿大克朗代克淘金热的 98 号路相比，“只是这里没有雪”。两篇报道在《勘探者》杂志登出之后，卡卡梅加金矿区的人口翻倍：从澳洲老农民到克朗代克的探矿人，再到遭遇经济大萧条的欧洲人，都对这里兴趣百倍。

尼可拉斯带我去看森林里一处被遗弃的淘金道，深幽的洞口前立了一块牌子：“内有蝙蝠，自斟进入。”淘金道长只有 50 米，洞口只有人胸口高。我恨蝙蝠，这种小生物自诩有了不起的超声波，号称可以在黑暗中躲避开障碍物，但它们从来不按游戏规则来，总是和你嗖嗖地擦身而过。

爬山都喘不上气的美国后生已经在洞里，时不时发出怪叫。我拉着尼可拉斯的衣角，跟着他猫进洞穴。地上都是积水，可以嗅到蝙蝠特有的潮霉气味。我的眼睛还没能适应黑暗，就已经被不认真使用超声波的蝙蝠震慑住了，洞顶倒挂了一只只小吸血鬼。我也不知道到这洞里到底要看什么，或者只是体验一下 80 年前那些心中有着金灿灿梦想的人挥着鹤嘴锄在一片黑暗中与蝙蝠共处的境遇吧。我好奇的是，卡卡梅加到底有没有金子？

尼可拉斯的说法是，金子已经被证实存在，但是政府认为现在还不到挖掘的时候，要留些财富给子孙后代。

错。肯尼亚政府可不是那么有远见，探矿、开矿许可证早在 2010 年就已经发给坦桑尼亚、加拿大、加纳和澳大利亚的矿产公司，而且英杰华公司已经正式发布重大发现报告。据说卡卡梅加的这条矿脉和 1886 年人类史上发现的金矿储量最大的南非威特沃特斯兰德金矿是同一条。未来的子孙后代还能见到金子吗？我深表怀疑。

尼可拉斯吹起口哨，树林里另一个声音也应和他吹起了口哨；他变换一个调子，另一个声音也模仿他的音调。

“你试试。”他怂恿我。一定是另一个导游和他在对暗号，我觉得一点儿都不稀奇。我鼓起腮帮子吹了一段《茉莉花》，对方就沉默了。

“你看，你的同事不知道我们中国的民歌。”

“同事？！对方是一只鸟！”尼可拉斯揭开谜底，“蓝肩歌鵖很小气的，它知道你在故意逗它，就不会跟你一起唱歌了。”

蓝肩歌鵖，是我们旅馆名字的由来。这种小气的鸟躲在树丛里，可以模仿人吹出的各种简单音调，专门戏弄各种雌鸟和我这种对森林一无所知的游人。但它可以戏弄你，你不能戏弄它，如果它发现对歌的是人类，就会闭嘴。我的《茉莉花》可能因为歌曲太长，把它激怒了。

在卡卡梅加森林里走路，不会像你想象中的亚马孙热带雨林那样刺激。虽然同样是热带雨林，但这里没有千年古木互相缠绕或者脸盆大的食人花等着一口把你吞掉。沿着前人踩出来的步道走，除了满脚糊上稀泥，不存在什么生命威胁。你盲目地经过各种可以药用的大树，它们都曾在卢希亚人的生活中扮演过重要的角色：保胎的、治不孕不育的、医头疼感冒的、防口臭的……但随着了解这些树木的老人一一离世，卢希亚人的传统医学也渐渐失传。你看不懂，所以看每一棵树都是一样。你骄傲地觉得人类是这森林的主宰，食物链上最顶部的一环，却蓦然发现离地 20 米高的地方有另一个庞大的王国。

第一只白色长毛的灵长类和你打了照面，黑白相间的长背毛，拖着一把毛笔一样的大尾巴，蜷成大猫一样弓着背坐在树枝上看你。你继续抬高视线，才发现整个黑白疣猴的家族都在看你，任性的老祖母不留情面地往树下扔着烂树枝和小果子。这个家族统统留着蓬松的小平头，灰白的络腮胡——这种相貌特征对女性成员不太公平，但它们无一例外都有刚果近亲的坚毅脸庞，并且一概不满地耷拉着嘴角。它们披着柔顺的长毛斗篷，飞快地在树冠以下的盘枝错节间做穿梭运动，妄图迷惑你的视线，并肆意地弄出哗啦啦的巨大声响。毕竟它们吞食草籽、排出种子，它们才是这森林的守护者。

与这个王国最大的交流障碍就是长时间仰头造成的后脖子僵化。

13. 只需摊开掌心

一个人出门散步。整个林区周边一点儿灯光都没有。及腰高的茶园种植带宽约 20 米，横亘在林子和人径之间，这是政府的茶，白天本地的伊达科和伊苏卡妇女戴着草帽在这里劳作，晚上则人影全无。她们退回蜗居的草棚，在晚饭后和丈夫、孩子、牲畜们一起在自家院落歇息。听得到她们遥远而微小的说笑声，间或有几声狗吠，然后便是一片静。开始时有一点儿害怕，但是走几步便什么心绪都没有了，心中空空落落，一片清明。

又是中秋节。去年此时我在印度浦那，和台湾男生智明在一家肮脏的小吃店里对彼此说节日快乐；去年此时，我的心里沉重地装着一个人，后来那人在我的生命里淡出，却成为人生转折的一个契机和感激的对象。我曾以为路途走到尽头，现在却又一次在路上。这一年的时间，我找回了一片故土，遇见了一个指路人，经历了一段刻骨铭心的爱，接受了一次脱胎换骨的转变。我没有获得声名鹊起的荣誉，也没有得到巨大的金钱回报，更没有“从此以后，公主和王子过上了幸福美满的生活”，但是一切都刚刚好。我现在在过的生活，就是我一直想要的生活。我在这里，在我该在的地方。

所以心是空的了。现在来到的，都是应该来到的，我只需摊开掌心。

第四章 斯瓦希里

“你说你要跑去拉穆，跑得远远的，一切都会变好。伤痛会被留在身后，它们再不会找到你。可是拉穆再远，伤痛仍会跟着你，它们会在远远的拉穆找到你。因为，你永远逃不出另一个自己。”

——迈克尔 · W. 史密斯《拉穆》

1. 东非快车——难忘的一夜

斯瓦希里不是一个民族，而是一种后天形成的身份，它泛指在肯尼亚沿海地区、桑给巴尔、坦桑尼亚和北莫桑比克居住的班图居民，他们在历史上与阿拉伯人、波斯人、印度人、中国人和葡萄牙人做生意、交流文化，定居在这些地区后，一些人便与当地人通婚。阿拉伯人用自己的语言“斯瓦希里”为这些混合血统的班图后裔命名，意思是“沿海的居民”。从九世纪时伊斯兰文化在这里扎根直至现在，斯瓦希里人仍遵守严格的正统伊斯兰教义，和内陆居民的生活方式与宗教信仰大相径庭。沿海地区甚至在理念上被认为是另一个国家，要求自治的呼声一直存在。

我的斯瓦希里之行将从蒙巴萨一路北上，覆盖马林迪（Malindi）、瓦塔穆（Watamu）和拉穆群岛（Lamu Archipelago）。

我倚在东非铁路隆隆作响的列车车厢半开的车窗旁，窗外星空明亮，呼呼刮过的风能把人微微张开的嘴吹变形。我把脑袋伸出窗外，只要幸运地没有被一根出其不意的电线杆子撞得血肉横飞，就一定能体会到一种难以言说的自由感。前方的列车如千足爬虫一样拐了个弯，你清楚地知道自己就在这动物甩动的尾部。一盏盏灯光从一扇扇窗户里透出。我不知道"流动的盛宴"是什么意思，除非它是特指回转寿司之类的东西，否则用来形容我们的列车恰如其分。看着自己所处的空间在另一个空间里穿梭，并且经过很可能是一片莽原的地方，你觉得满心壮阔。要知道，很可能不远处的黑暗里，就有夜栖的豹在行走，或者长着蓬松长毛的大猫也在满心好奇地看着我们。

人生中有数个夜晚会很难忘记，在东非快车上的夜晚是其中之一。

数个小时之前，我第一次踏上蒙巴萨列车，发现四人二等车厢里除了一个酷似马桶的东西有些令人困惑外，其他的设施都和中国的火车卧铺车厢没什么大的差别。马桶上有个盖子，打开后发现它是一个盥洗池，我没有读到过关于初始设计者的资料，但他一定是个有幽默感的人。

车票内包括一顿晚餐和一顿早餐，传说这条豪华快线的刀叉都是银制的，享受的是贵族般的待遇，这说法显然夸张了一些。一个托着面包片的女服务员招呼我找个座位坐下，收走我的蓝色餐票之后，就开始按照沙拉、汤、主菜、甜点的顺序为我上菜。一道炖牛肉配米饭的主菜，被我热泪盈眶地评为在肯尼亚吃到过的最美味的一餐。这道菜之后被贾尼海滩（Diani Beach）的一条鱼轻而易举地超越。

我在薄薄的毛毯下睡了一个上蹿下跳的觉，本以为只有自己一个人感觉到颠簸，哪知第二天一早上铺的两个姑娘都有了晕车的症状，连用银器盛着的黄油都不忍目睹。火车朝蒙巴萨逐渐逼近，气候也从内罗毕的高原凉爽气候变成热带海洋气候，把衣服一件件脱下来，还是觉得暑气逼人。

在蒙巴萨下车之后，我简直就要被晒晕过去，那一刻就像回到了印度。满街的招牌中，时有“克利须那”和“纳拉扬”这样的名字，包裹着黑色罩袍的女人在烈日下穿梭在拥挤喧闹的街头。这座人口近百万的城市里，70%的居民是穆斯林。我在白色孔兹清真寺旁的贝拉恰旅馆落脚。

冲一个凉水澡，睡一个长长的午觉，又冲了一次凉水澡之后，我不满地瞪了一眼外面依旧猛烈的太阳，出门去探索迪戈路上的香料市场，预期着看到露天平地上一个个摊档，戴着圆帽、身着各色长衫的小贩盘坐在地上，面前的竹筐里摆满各色香料，各种香味从粉、橙、棕、黑、白色的玫瑰粉、生姜末、肉桂、桂皮、豆蔻、茴香、芫荽、藏红花、月桂叶、芝麻、丁香、黑胡椒、白胡椒中一个劲儿地钻进你的鼻孔，杂糅在一起，让你忍不住直打喷嚏，吆喝声、咒骂声、讲价声随着神秘的手势此起彼伏，一片生机勃勃，给人强烈的感官冲击。但是东非人的本领就是将一切激烈的场面用他们懒洋洋的性格化成一杯温吞水。

香料市场在一栋白色的挑高建筑里，下午四点已经关门。我扒着窗口往里看，里面是一个个缺乏想象力的整洁的商铺，和我家附近的菜市场没有什么大的区别。一个带着小孩的男人突然走过来跟我打招呼，说这市场早晨七点开门，让我第二天再来。他自告奋勇地带着我在市场周围绕了一圈，在成排成排售卖廉价服饰的店铺旁劝说我买下两包芒果干，并且给他的儿子顺手牵走了一包。我本来还心想，他会不会是芒果干的托儿呢？（一包芒果干 50 先令，三包可以 100 先令拿下。）但刚入口就发现，这是世上最好吃的芒果干！比菲律宾名声在外的 7D 芒果干好吃一万倍！口味酸而微甜，还稍稍带有辣味，可能是因为离香料市场近，马萨拉不要钱一样地放，而且由于地处芒果产区，原料十分新鲜饱满，总而言之就是吃了就止不住口的芒果干！

另外还有一种颜色鲜艳的诡异的红色零食，也和芒果干在一起卖，一大包只卖 50 先令。这是猴面包树的树籽，用糖腌过之后用红色色素拼命上色，变成看上去很吓人的样子，吃一两颗会觉得意犹未尽，吃多了舌头都会染成红色，是不健康的零食。

迄今为止，我已经走过中欧匈牙利布达佩斯、东非肯尼亚蒙巴萨和南亚印度焦特普尔的三处香料市场，这三处分别代表香料贸易最初发展时的不同角色：消费者、中转者和产出者。不要小看香料贸易，美洲大陆就是因为欧洲人嘴馋想吃香料发现的，而香料贸易史往大里说，也是一部人类的航海探索史。

耶稣还没有出生时，香料就已经从亚洲传入中东。直到 15 世纪，穆斯林都在印度洋上统治着香料贸易之路，他们把触手直接伸到远东的香料发源地——印度尼西亚，从那里通过海路把香料运到波斯湾和红海，再走陆路运往欧洲。这条路线最先是由拜占庭帝国、意大利的威尼斯和热那亚城邦共同充当中间人协调的，虽然其他国家并不乐意，但也还算相安无事。等到奥斯曼土耳其人拿下君士坦丁堡，取代了拜占庭的地位之后，奥斯曼帝国开始对往西走的香料商人征收高价过路费。这下欧洲人再也忍受不了吃一点儿黑胡椒要付天价的羞辱，决定自己开辟一条路线去找香料，然后葡萄牙人达·伽马就发现了好望角。在此之前，印度尼西亚香料群岛的摩鹿加人是乘坐自己的双体木船，顺着印度洋西风带一路向西，来到东非交易一点儿肉桂和桂皮的，当时在大洋上来来去去的还包括阿拉伯的乳香、东非的象牙和黄金、印度的香料和中国的丝绸。东非人有时从摩鹿加人那里留下一点儿丁香，据说是在葬礼仪式上需要使用。

达·伽马虽然绕了一圈远路，但毕竟可以不用看奥斯曼人的脸色，一路经过肯尼亚的马林迪横跨印度洋，开到南印度喀拉拉邦的卡利卡特。这下印度的大门直接向葡萄牙人敞开，葡萄牙也从香料贸易中一下富了起来。西班牙人发现葡萄牙人向东走尝到甜头，自己只好再开辟一条新的航线，往西走。于是哥伦布一路往西，经过大西洋踩上第一块陆地——现在的巴哈马群岛，坚信自己一定是到了印度，于是命名这里为西印度群岛，把当地人叫作“印第安人”。死不认错的哥伦布没有把香料带给西班牙王室，双方的关系恶化。哥伦布死后 13 年，王室派麦哲伦出征，一年后通过南美的某海峡（后被命名为麦哲伦海峡），五个月后抵达菲律宾，然后是香料群岛。麦哲伦的五艘船中只有一艘“维多利亚”号回到了西班牙，当然，满载丁香。

等到荷兰人也到达香料群岛的时候，香料贸易就变味了。原葡萄牙属地摩鹿加的原住民被俘虏，所有的树木被砍光，被要求集中种植丁香和肉豆蔻，控制产量。古老的贸易格局从此被破坏，香料市场的需求量和价格都一落千丈。

这就是世界香料之路，一条听起来浪漫无比的路线。我之所以要不厌其烦地将这个故事讲一遍，是因为在斯瓦希里行走的这一路，葡萄牙人和达·伽马在多处留下声名，比如明日要前往的蒙巴萨老城的耶稣堡。

2. 游历耶稣堡

我步行去蒙巴萨的老城区，像个正儿八经的游人一样去参观耶稣堡。

耶稣堡就在老城区的南侧，进门要收门票800先令，让我十分愤恨。这么贵的门票，以我的脾气是过门不入的，但碍于我对里面的一所博物馆十分有兴趣，据说博物馆尽头的房间里展示着米基肯达文化，介绍关于卡亚圣林的资料，因此我咬咬牙还是进去了。

米基肯达人和斯瓦希里人一样，也是居住在沿海地区的居民，他们是班图语系的一个分支，共有九个部落，包括：迪戈、崇义、里贝、杜鲁莫、卡巫马、立贝、拉巴伊、吉巴纳和吉利阿玛。米基肯达人的神奇之处在于，至今仍在守卫着他们用于祈祷和与祖先沟通的神圣森林，称为卡亚。全肯尼亚一共有 11 处卡亚，并不是所有都对外人开放，参观前需要联系当地部落头目，举行一场仪式，通常是杀一头羊，用以净化森林地区，而且不能戴头饰，不能触碰森林里的东西，不能在林子里亵渎祖灵，不能有亲吻或爱抚之类的动作，腰间还要围一块叫作卡尼吉的黑布。卡亚圣林从六百年前第一批米基肯达人从索马里南部来到肯尼亚的时候开始存在，林中的树木古老而神秘。

根据《孤独星球》的资料，最容易进入的卡亚是距离蒙巴萨南部贾尼海滩半小时车程的奇浓多卡亚（Kaya Kinondo），由迪戈部落掌管，他们有四小时的一揽子生态旅游行程，从参观圣林到购买妇女手工艺品，到体验传统民居生活，到传统的巫医疗愈，应有尽有。在我的心目中，圣林最神秘之处就是围绕它的那些传说，是否真的需要进去，拍几张照片，游览一番倒不一定。

我尽可能慢地游览耶稣堡，但无法验证它是否像传说中那样，从空中俯瞰是一个面朝大海的仰卧人形。但是从炮台的小孔望出去，景色十分宜人，远处有一些人无法抑制对消暑的向往，扑通扑通地穿着衣服就跳进了蔚蓝色的大海。耶稣堡里有一具玻璃棺材，里面有一是躺着的骷髅，双手交叠放在肋骨上，因为我没有再花 200 先令请一个导游，所以不知道他到底是谁。毕竟耶稣堡曾经在葡萄牙人建成后的一两百年间，在葡萄牙人、阿曼人、辛巴食人族和英国人之间九次易手，但根据这个骷髅的睡姿，他应该不是必须面向麦加侧躺的阿曼穆斯林，手脚都还在应该也不是食人族的风格，所以不是葡萄牙士兵就是英国人。

当我用最慢的速度踱步到博物馆尽头的房间时，发现门上挂了一把锁——内部整修。我觉得十分沮丧。但门外的一个大花盆里倒是插了三根黑漆漆的柱子，有着细长的人形。还好还有 vigango（kigango 的复数）。

Kigango，这种硬木雕刻而成的丧葬雕像是米基肯达人死去的亡灵的住所，却常在国际黑市上以高价被出售，尤其是一旦辗转到某国博物馆的手里就再也拿不回来，他们视这种柱子为宝物，明知柱子上附有米基肯达人的亡灵，还要将它们藏在玻璃柜里，比如美国的汉普顿大学博物馆就拿了一个肯尼亚村民死去哥哥的丧葬柱，暂不归还。

米基肯达人用大概一年的收入请专人雕刻这种木像，用以纪念部落中死去的受人尊敬的男性长老——通常属于叫作 GOHU 的神秘领导组织，因为他们相信，如果不给死去的人再造一个身体，这些亡灵会来骚扰活着的人。木头雕像一旦被立起来，就再也不挪地方了，即使这家人全部搬迁，木头也仍然立在那里，直到腐烂为止。通常丧葬柱并不立在埋葬死者的地方，而是放在部落里男性长老们谈话的场所，或许是让亡灵们仍对部落的事情有参与感。而且并不是死者一埋葬就立刻立下丧葬柱，而是等到死者的家人或朋友在梦中见到死者，听到他在抱怨无处立身时，才会立下这根柱子。

和 kigango 一样有着纪念意义的另一种柱子叫作 KOMA，这种柱子的纪念意义要弱一些，用软木雕成，所以很容易腐烂，而且可以随着部落的迁徙搬来搬去，通常用来纪念不是那么位高权重的人。

如果要我说耶稣堡最值得造访的地方，那就是在肯尼亚几乎难得一见的明信片商店。我曾在肯尼亚许多城镇询问哪里可以买到明信片，答案是让人惊讶的“明信片是什么”。我第一天以为，耶稣堡里能买到明信片，那么外面一定也不会少，结果我就错了。蒙巴萨的老城几乎全部闭门锁户，连寥寥几家卖纪念品的商店里也很少见到明信片这种东西，所以第二天我又专门回到耶稣堡，工作人员好记性，没有找我要第二次的门票。

3. 贾尼海滩的冥想之夜

蒙巴萨北部是一长串高级酒店连成的海滩——私家海滩尼亚利、同时深受本地人和欧洲人喜爱的班布里和拥有迷人海岸线的闪祖，南部则是村社风格的度假地，有许多海草的谢利海滩、非常安静的迪维海滩和狂躁与古老并存的贾尼海滩。

从蒙巴萨本岛到贾尼海滩实在不是一件容易的事，尤其是在酷热黏湿的天气之下，你需要背着所有的行李坐一辆突突三轮车先到利康尼渡口，在那里加入人头攒动的排队大军，等一艘半小时来往一班的慢悠悠的渡船（他们为什么不能干脆点修座桥呢？我百思不得其解），然后在南岸搭乘一辆前往乌昆达十字路口的马他突，在它一鼓作气开往坦桑尼亚之前跳下车，再跳上一辆摩托车去各家隐蔽的海边村舍。

我在几番比较之下终于敲定在“生命力”村舍的住处，这些可爱的小别墅比“踩高跷”生态旅馆的树屋还要便宜一点。每户都有一座独栋的小屋，别的那些叫作“单桅船”或“捕虾篓”的房间怎么样我不清楚，但我坚信我这栋无名房是朴素的斯瓦希里风格，并且对于单身游客确实奢侈了一些：徐徐的海风从通透的窗户里吹进来，房间十分宽敞，一张大床上挂着雪白的蚊帐，卧室与小的客厅直接相连。厨房与卧室之间用珠帘隔开，里面厨具一应俱全，但没有基本的调味料，因为旅馆不供应食物，所以这样的设施更适合长期居住的客人。小客厅和用人房相通，有一张窄些的床摆在那里，与洗手间毗邻。我一直觉得以1500先令的价格包下一栋别墅实在非常划算，直到我发现房间风扇已坏、蚊虫肆虐、电灯忽明忽暗、洗澡水流极小以及马桶冲水扳手十分脆弱之后，才知道世上没有吃亏的商人。

这里已经是斯瓦希里地区，印度风、阿拉伯风和西餐在这里被混出一种专属的口味。我在非洲锅餐厅吃晚餐，在那里消灭了一条好滋味的烤鱼。

在斯瓦希里地区，你最不用担心的就是咬到一口肥猪肉，几乎在整个肯尼亚，你都不会见到猪肉上桌，可能与《圣经》中的告诫有关，当然在南部沿海是穆斯林的信仰在限制着盘中的饮食。最常见的是鱼类、各种热带水果和印式米饭，内陆地区常见的烤肉和乌咖喱在这里仍颇受欢迎。

斯瓦希里菜单上同时出现的炒饭（biriyani）和香料肉饭（pilau）常会让人困惑，两者都源于波斯，都有鸡肉、牛肉、羊肉、鱼肉和大虾的选择，同样都有酥油、豆蔻、胡椒、肉桂、香叶等各种香料在里面，但其实前者是湿炒的盖浇饭，后者则是各种食材都切成小粒的干炒饭。对吃不惯非洲传统菜肴的中国嘴巴来说，是颇为中式的替代选择。

靠山吃山靠海吃海，走到印度洋边当然就要吃唾手可得的海鲜。我要的烤鱼到底是什么鱼我没搞清楚，但是正反两面煎得焦香，配上一碟秘制酱汁与小颗酸柠檬一起端上来，再要上一杯沁人心脾的鲜榨热带果汁，满足之感才下喉头，又上心头。

我在纳库玛超市买了一大堆食物，一副准备安定下来过日子的样子：两大瓶矿泉水、咖啡、十只装鸡蛋、培根、可乐、苹果、切片面包、黄油和酸奶，还有烹饪脂肪。走遍肯尼亚，发现固体的烹饪脂肪比植物油要常见得多，迪亚尼一家旅行社的人告诉我，那些常年定居在南岸的穆宗古就被本地人叫作“金宝（Kimbo，一个著名的烹饪油牌子）”，意指他们像脂肪一样随处可见。

晚上回来收拾妥当之后出门去看海。顺着小山坡走不到百步，就踏上了印度洋西岸的海滩。世上的海都是同一片海。这里的海和南海的海、地中海的海、太平洋的海没有什么不同，它同样深邃、汹涌，用一种势不可当的气势在黑暗里让你害怕。你先是会被这种害怕吓退，希望赶紧退回有光的地方，但是只要经历过一段恐惧，便会很快熟悉这黑暗，并且发现其中蕴藏的巨大力量。

回到房间后，我关掉所有的灯，打开所有的窗，海风穿过整个房间。视线所及之处，只有另一栋别墅里的一个老人坐在他门口的露台上，同样也在看着海的方向。在肯尼亚的第 69 天，我第一次沉下心来做静坐冥想。我曾试探性地问过几个肯尼亚的朋友，有没有做过冥想，得到的答案无一不是“我常常冥想，特别是重要的问题我都认真地冥想”。冥想，这一被人误解过多的概念，常被当地人频繁地挂在嘴边，与考虑、思考做同义词使用。但冥想不是去仔细思量事情的优与劣，而是放弃思想，让思维处于停止的状态。

黑暗中，一个欲望升起，牵起无数的细小念头，一瞬之间驰骋万里，一秒间你看到自己10年之后闲云野鹤，下一秒你又在为一件20年前的小事抱憾万分。静坐是最难的。你可能突然急于抓住一个转瞬即逝的灵感，恨不能马上跳起来用笔记下来，也可能被愧疚与痛苦折磨得坐立不安，需要立刻睁开眼睛逃离这种回溯。而当你看到自己出神时，一幅巨大的魔幻画卷已经被绘出，你的形相已经游历无数地方，在世界的各个角落瞬间转移，而时间只过了两秒。

你需要安静下来，像婴儿在母体子宫中一般安静。因为没有语言，所以没有误解，因为怀有信任，所以无有恐惧。只有呼吸这条纽带，将生命与自然重新连接，你呼出的每一口微小的气体都被自然吸收，而自然吐出的丰盈气体也被你重新纳入。看似独立的每个人，都不是一座孤岛。突然窗外下了极大的雨，似乎是自然欢欣地用更激烈的方式与你融合，暴雨声、雷鸣声、虫叫声、海浪声、冰雹声、猴子踩着房顶的嗵嗵声……所有的生命都加入这场聚会。一切本来就是一场狂欢。

清晨六点，七只生物在浅海快乐地绕圈，只露出黑色的鳍。

4. 米达溪生态营

深夜十点，我被马他突扔在一条望不见尽头的窄路边，一直向北走下去，就是马林迪了。头顶上是闪亮的星空，眼前是通往森林深处的土路，如果旅馆的人没有误导我的话，我可以沿着这条四下无人的土路走到米达溪生态营。一片黑暗中，几声孩童的哭声划破了寂静，于是我不再害怕，用手机的微光照着脚步，只期望能在半路上遇到来接我的伙计。

五个小时前，我离开贾尼海滩，跳上一辆拥挤的马他突，被无休无止的堵车压得一点儿脾气都没有，坐在司机旁“死亡之地”的我还能惬意地戴上耳机望向窗外，享受一点儿在路上的感觉。两个小时后，马他突停在一处热闹的中转站。我翻下座位，去裹着肯加布的女人脚边买了两个刚刚捞出油锅的曼达滋，却在转身之后发现一个年轻男人已经蹿上我的座位，若无其事地坐下。我面目狰狞地站在车窗下，冲他打手势，意思是我的大包放在那里你没看到吗？他嬉皮笑脸地用脚挪了挪我的包，让我坐在他旁边。他不知道抱着 15 斤重的大包挤在巴掌大点的地方是多么遭人恨的事情。我怒不可遏，大吼："后面那么多座位，你就一定要跟我挤着坐吗？"他更加兴奋，说："我就想跟你坐一起，我帮你抱着包嘛。"

我一把拉开车门，连拖带拉地把我的包扯下来，扔在地上，狠狠地瞪了他一眼，然后艰难地拖着包爬到后面的座位。后排座位窄得连伸腿的地方都没有，你可以想象抱着一个比我还厚的包是什么滋味。我还没安定下来，就觉得光溜溜的大腿被烫得灼热，心想，难道是屁股底下的发动机过热了？又动弹不得，连挪移的空间都没有。我伸一只手摸下去，竟然摸出来那两个曼达滋，我都忘了它们被我随手丢在那里，气鼓鼓地几口吞掉。

之后车上的人又大动肝火地要打起来，原因是后排的一个人说自己没钱，拒绝付车费，说到了目的地再给。他不给钱，司机就不开车。前排两个小青年看上去是赶着办事，见司机死不开车，焦虑上火，暴脾气的矮个子跳下车就要把坐霸王车的人拖出来打，高个子则帮着恶语相向。整部车吵得热火朝天，这时候我觉得什么都听不懂的感觉非常好。我只需麻木地看着他们，反正我也动弹不了。

终于，一个叫"马太瘦"的小伙子在森林的半道上和我接上了头，他一身的大麻味，兴奋劲还没褪。我们一路瞎聊，在一条黄狗的迎接下走到安静可爱的米达溪生态营。

这里背靠红树林，营地入口有紫色睡莲的池子、惬意的秋千架、木头餐桌、篝火和高耸的茅草屋顶的八角建筑，楼上是一家酒吧兼餐厅。有帐篷营地，也有三间风格各异的木棚：吉利阿玛、斯瓦希里和桑给巴尔。我预订了价位稍低的吉利阿玛木棚，里面至少可以睡四个人，一边是普通的两张单人床，另一边是架高的木床，如果说忽明忽暗的煤油灯没有让你神经紧张的话，那么这里颇具非洲田园风味。

马太瘦尽职尽责地向我展示了室外的露天花洒和室内的现代化浴室，还为我拿来两条异常干净的大毛巾，供我洗澡。我谢过他，在夜里十点半开始独享一片硕大的营地，他告诉我这里十分安全，因为守夜的人背了弓箭。

我在露天的花洒下洗一个透心凉的澡，除了手电筒照亮的沐浴露外，什么也看不见，但星星就在头顶。从没有想过这样是不是安全，会不会有人在一指宽的缝隙里窥视，外面的草丛里虽然有微小的动静，但不会是比蜥蜴更大的动物。

夜里突然被尿憋醒，我手忙脚乱地爬出蚊帐。要去厕所的话得穿过一片黑暗小丛林，踩一脚的沙，然后摸到八角楼的洗手间去。我没时间折腾了，提着煤油灯绕到屋后，蹲在沙地上解决。《白色马赛》里说，在桑布鲁地区，在离住地不远的地方排便是让整个家族蒙羞的事情，每个人都应该有自己的排泄区，要离栖息地和水源有一定的距离。但是由于夜晚沙子吸收力好的关系，早晨尿迹就能全部渗入土里，可以临时将就一下。我的膀胱逐渐轻松，却听见人的脚步声，坚定的声音在不远处问："什么人在那里？"是背着弓箭的守夜人！我可不想因为撒泡尿就被插支毒箭在背上，赶紧速战速决，压灭煤油灯后蹑手蹑脚地摸回草棚。

然后我睡了一个好觉，连老鼠什么时候在床边留下屎粒都不知道。

红树林不是红色的。我从世界上拥有最多红树林的亚洲跑到位居第二的非洲，才了解到这一事实。

向导埃里克带我坐上一艘蓝漆斑驳的窄木船，壮硕的船夫单脚站在船尾，撑着过头高的船篙。米达溪不是一条淡水小溪，而是一片辽阔无比的水域，水流在这里汇合，形成印度洋的入海口。埃里克兴致勃勃地向我讲述关于红树林的生物知识，那些囤积在他脑里常年不见天日的专有名词终于有机会一泻而出，比如高跷根、皮孔或气胞囊，但我对这些毫无兴趣。阳光反射在水面上，从头顶和眼下两头夹击，让你开始猜测在这样的水面上漂多久人会昏厥过去。这时是早上九点，只有我们一条船，那些富有经验的渔夫只在日出之前钓鱼。

木船在一片泛着银光的滩涂停泊，埃里克捏起一只小螃蟹给我看，它右手举个大钳子，耀武扬威地挥动。公蟹才有钳子，而且只有一只；母蟹没有钳子。它们靠吃红树林的落叶为生，排出的粪便又为泥土层中的微生物提供食物。它们下地能跑，上树能爬，它们的存在让红树林成为一个自体循环的生态系统，是了不起的小动物。对于《孤独星球》中提到可以随便从树上抓下来塞进嘴里的生蚝，我倒是没有看到。埃里克厌恶地说，有一次几个日本客人住在生态营里，马太瘦带他们去红树林游览，结果几个人吃生蚝吃到饱，第二天又进树林里装了一袋子回来烧烤。吉利阿玛人是不吃甲壳类生物的。

米达溪的红树林有四种常见的树种：红色红树、白色红树、黑色红树和黄色红树。这样的命名和颜色没有大关系，生物学家常会和老百姓开玩笑。

红树林生长在咸水水域，要想不被盐水齁死而且不被水淹死，就必须想办法解决盐分摄入和呼吸两个问题。四种树在这两个方面通过各自的特殊技能得名。比如红色红树，根几乎不透水，锁住 90% ~ 97% 的盐分，多余的盐分则储存在细胞的液泡里，但它最奇特的技能则是胎生繁殖，树上的种子还没落地就已经发芽，开始往地上长，和榕树很像，无数的枝条都长成了根，错综复杂。红色红树也是可以在最深水域生长的红树林树种，踩着高跷的根露出水面，通过树皮上的皮孔呼吸。白色红树的叶子背面结了一层盐，这也是跟白色扯上的唯一关系。吸收进去的盐分可以通过叶基的两条盐腺分泌出来，我抹了一把舔了舔，确实是咸的。黑色红树则是那些插得密密麻麻的呼吸根的背后操纵者，要不是埃里克告诉我，我真以为这些小树枝是被哪个热心人士一根根插到土里的，这种气生根直接伸到空气里呼吸，伸到盐碱不那么重的友好土壤里摄取营养物质。

“那黄色红树呢？”我问。

“哦，它们只是看起来特别黄而已。”

我们赤着脚蹚过滩涂，淤泥滑过脚趾缝的感觉十分惬意，发出过瘾的扑叽扑叽声。穿过滩涂后，走进一片村庄，泥沙地上被铺上劈开的椰子壳，是为了让车通过。猴面包树在这里随处可见。我对猴面包树的最初印象来自美国《国家地理》的一张照片，一个裹着绿花毛毯的女孩站在晨曦中，背景是一片闪着金光的光滑的猴面包树身，那片土地像童话世界一样梦幻，只有少女脸上忧愁的表情提醒你那是非洲，那个地方叫马达加斯加。埃里克说，猴面包树是最中看不中用的树，看上去雄伟参天，其实里面是空的，打个家具都用不上，唯一的贡献就是种子拿来当零食。埃里克的话不全对，至少在东南部非洲，人们是吃它椰子般大小的果实的，把果实弄碎放进粥里或水里，据说味道介于西柚、梨和香草之间，并且把它称为“猴子的面包”。而且远在17世纪90年代，西澳大利亚人用一棵中空的猴面包树运送过一队囚犯，这种用途在今天推广的可实践性则有待商榷。

我之所以要顶着烈日坐小船又蹚泥地是因为我在尝试用一种非常规的方法逼近盖德废墟（Gede Ruins），常规的方法是花几十先令坐一辆马他突直接到盖德镇上，我的曲折路线则要花上近百倍的价钱，只因为《孤独星球》上介绍说在四通八达的水道内轻轻摇桨穿过结着蜘蛛网的茂密枝叶是游览这座城市废墟的最佳方式。它没有书中暗示的那种寻古探幽的气氛是因为现在米达溪的水位下降不少，船已经开不进红树林了。

盖德废墟是肯尼亚无数朴实的自然风光以外一处让人换换口味的历史遗迹。

这里和许多其他历史遗迹一样，如果没有一个讲解员来告诉你添油加醋的故事，就只是一堆乱糟糟的石槽。我的女讲解员告诉了我一些有意思的事情，比如这里被遗弃的三个可能原因，我只记住其中的两个——缺水与战争，另一个似乎跟食人族有关。但在这些只剩半人高的矮墙之中穿梭，你不难想象四个世纪前居住其中的穆斯林们井井有条的生活。阿訇没有高音喇叭可用，拢着双手面对着雕刻成凹形的壁龛喊出唤拜词，回声环绕，男人女人分开在盥洗区洁身，进入大清真寺祈祷。面朝麦加的米哈拉布被雕刻成五层，象征伊斯兰教的五功：念、礼、斋、课、朝。四周的小孔里据说原本都嵌有宝石，但现在只留下一片空洞。活着的人在统治者的宫殿里谈笑风生，内急之时还可以使用十分先进的配备有排水系统的斯瓦希里厕所，墙上有凸起的地方放着呛人的油灯，女眷则在侧厅里聊些八卦往事。死去的人则被送到排柱坟，和其他穆斯林葬在一起。我虽然看到了“西班牙剪刀屋”（因为里面发现了剪刀）、“印度铁灯屋”（因为在里面发现了铁灯）和“中国现金屋”（因为明朝的钱币——这些东西现在都被集中起来摆在一家闷热的博物馆里），但我没有找到传说中宫殿里放置符咒的土罐，所以不知道昔日能使入侵者发疯的精灵如今何在。女讲解员在回答我为什么不开展夜间游览废墟的项目时，心有戚戚焉，说这里仍有精灵庇护，晚上谁也不敢来。而且后院有一处极深的洞口，传说里面有一条巨蟒，也没人进洞探过。

盖德废墟所处的盖德镇是一个粗犷的村镇，镇中最雄伟的建筑是一座绿色洋葱顶的清真寺，有为数不多的蔬果铺和杂货铺，可以买到西红柿和洋葱，但买不到像样的牛油果，也没有冰冻的矿泉水，更没有饭馆。埃里克按照一揽子事先约定的旅行计划（包括导游、船费、盖德废墟门票、讲解员、品尝斯瓦希里小食和回程交通费），买了价值 20 先令的油炸小糕点给我吃——名字叫作“半个蛋糕”的一口糕，外加一瓶芬达——“像芬达一样妙不可言”，他说。

废墟是一份礼物，废墟是通往转变之路。盖德镇的人们是否有同样的感受？

大下午回到生态营后，我又洗了个露天澡，趁着太阳正好，就把脏衣服也都洗了，晾在小灌木上。我在营区里到处乱走，这里除了我一个游客外，又多了一对西班牙女孩，她们的帐篷搭在营地。一头驴被拴在不远的地方，看到我步步逼近它时，猛地发出拉锯一样的凄厉哭声。

我继续往八角楼方向转悠，发现昨天来来回回走了好几遍，竟然都没有发现这里有一块明显的墓碑，上面是一个年轻人坐在独木舟上的照片，留着长发绺，正对拍照的人笑得灿烂。他就是森美。埃里克在和我闲聊时，随口提到米达溪的创始人是四个，但其中一个现在不在这里了。当时我撇撇嘴，虽然觉得有些异样，但没追问他去了哪里，或许人家是去蒙巴萨深造了呢，或者移居到内罗毕了呢——原来他在这里。

“森美·萨巴刚加，1978—2010，纪念我们忠诚的朋友、共同创始人和经理。”

他死的时候只有32岁！墓碑的另一边是并排的七根KOMA软木柱子，有高有矮，最右边的一根最高，雕刻出人的形状，脖子上系了装饰的布条。然后是两根矮点的木柱，然后又是一根人形的木柱，也系了围脖。我知道这七根木柱每一根都代表一个受人尊敬的逝者，如果森美在两年前过世，今年该是时候为他立一根纪念柱了。哪一根会是他的呢?

我坐在他的墓碑前，盯着那张快乐的笑脸，和鲍勃·马利有些相像的脸，似乎并不陌生。他就像我认识的什么人，声音沙哑，会弹吉他，拍起手鼓时喊出高亢的调子，然后用粗糙的手指夹起一支烟，眯着眼睛在烟雾中大笑。那艘独木舟的对面是马太瘦，说了一句什么笑话，他摊开手来表示惊讶。

这些KOMA不再只是博物馆外立在花盆里的纪念柱，有着被考古学家、收藏家、人类学家多种解读的意义，他们是你身边有血有肉的人，曾经有过灿烂或暗淡的生命，曾经也像我们一样早起时对着阳光伸懒腰，傍晚时坐在阴凉处喝一杯甜茶。

我们旅行，就是将那些被整理得条理清晰的干燥的名词和概念，变成属于自己的湿乎乎的记忆。Askari不只是面容冷峻的非洲雇佣兵，他是为你打开米利玛尼铁门的守卫，把旅馆大狗的狗绳交到你手上的亲切男人；mzee不是一个如同 Mr、Ms 般的无意义头衔，他是为你标记地图，嘱托你要历险但不要冒险，说你像是年轻时的自己并把你视作自家女儿的白发老人；manyatta 不只是草苫屋顶的木棚，它在骄阳下庇护过你，是挤着羊奶的加布拉女孩、为小鸡戴上串珠脚环的埃勒摩洛妇女、在灌木里吓退狮子的桑布鲁武士的家；miraa 是大喜嚼在口中的希望，而 matatu，它带来的不只是混乱的交通和骇人的事故数据，它见证你的整个旅途，在路上教会你将危险视作常态的生活方式。

于是肯尼亚不再只是一个东非共同体发展最快的国家，有着四千三百万人口，首都是内罗毕。四千三百万人口中，有一百人曾与你的生命发生交集，他们的安定、幸福、苦难都与你有了关系，他们像你一样，有着让人惋惜的缺点和打动人心的热情。内罗毕于你，不是他们口中充满暴动和混乱的 Nairobbery，它是你尝在舌尖的 Nairoberry，酸涩却又甜美的莓。

你无法像电视节目中知识问答的选手那样，脱口而出巴布亚新几内亚的首都是哪里，你的脑中没有那么多储存空间；你也不能骄傲地把去过的地方一一标记在地图上，然后满意地看到足迹已经覆盖世界上可能到达的大部分区域，你没有那种一年走十国的能力。你经历得越深，能表达的就越少。

我的出发，不是为了逃避，不是因为阵痛，也不是因为刺激。移动中的状态日渐轻盈，日渐开放，非黑即白的界限变得越来越模糊，线性思维渐渐转变成全息感知。眼睛被逐渐擦亮，更容易看清泥淖中的荒谬。

我和马太瘦在厨房里做晚餐，他给西班牙姑娘们做椰汁米饭和烤鱼，我吃不起昂贵的晚餐，就自己动手做蔬菜沙拉、蒸番薯。我们放着音乐跳着舞，他盛一碗椰汁米饭给我尝鲜，不错的手艺。

坐在篝火旁，我们三个旅人端着自己的食物，马太瘦则拍着铁桶箍的皮鼓，母狗“火焰”头上有一团火，慵懒地趴在他的脚边。

马太瘦开始唱歌，声音不大，哼着古老的调子，只有零星几个词语我们能听懂。西班牙女孩躺下来看星空，我则托着腮听他唱歌，“火焰”走到我的腿边，卧下。一切宁静而安详。数颗流星从我的视线余光里划过，我没有专心看天，但是知道星星掉下去了。西班牙女孩一直聚精会神地等星，叹息说一颗流星都没有。

马太瘦不是刻意搞气氛的人，他只是像独处一样，唱歌给自己听，给“火焰”听，我们只是刚好坐在这里罢了。他问，我给你们讲故事好不好？

他讲第一个故事：

鬣狗和猴子是好朋友，它们在森林里遇见，鬣狗向猴子抱怨说，狮子每次遇见我都会打我。猴子说，别担心，今天我和你一起走，如果狮子打你我就冲上来帮你，我们合伙把它打走。鬣狗觉得猴子很够朋友，于是它们一块儿走，路上果然遇见了狮子。猴子一蹿爬到了树上，狮子冲上来就痛打鬣狗，把它打得奄奄一息才离开。猴子跳下了树，鬣狗有气无力地问它，你不是说帮我的吗？为什么看狮子打我打得那么凶都不来帮忙？猴子诧异地说，我听你笑得那么大声，以为你打赢了呢！

西班牙女孩问他从哪里听来的这个故事，他说是祖父讲给他听的。

他讲第二个故事：

一个人去森林里打猎，在路边休息时看到一个骷髅头。那个骷髅头突然对他说话，你好吗？他吓了一大跳，拔腿就跑。骷髅头叫住他，说自己不会伤害他。他问骷髅头，你怎么会在这里？骷髅头说，你以后也会在这里。

这个人回到自己的国家，告诉他的国王森林深处有一个会说话的骷髅头。国王不信，要他带着士兵去找那个骷髅头，如果骷髅头没说话，就当场把他的头砍下来。他拍胸脯说没问题，并很快找到骷髅头。可是不管他怎么问它、敲打它、诱惑它，它就是一句话都不说。士兵当场把他的头砍了下来。

他的头滚呀滚，靠在骷髅头的旁边，骷髅头开口对他说："我告诉过你，你也会在这里。"

这也是马太瘦从祖父那里听来的故事。他说，吉利阿玛的猎人去森林里打猎，不管他们看见什么，都不会说出来，他们只是沉默地把猎物带回来。那是属于猎人和森林之间的秘密。

我最后终于鼓起勇气问了一个问题：森美是怎么死的？马太瘦一点儿不觉得问题尴尬，他说，森美的心脏出了毛病，可是他的脾气太倔，怎么劝都不肯去医院。最后一个晚上，他难受得不行，在送他去医院的路上就死了。

"我觉得你们都很爱他，埃里克提到他的时候声音里还是有哀伤。"我说。

"美好的事物都不会停留太久，就像漂亮的裙子洗多了会褪色一样，所以我们才珍惜。"

5. 马林迪海滩，看到的都是欲望

葡萄牙谚语：蒙巴萨出勇士，马林迪出娘儿们。

蒙巴萨和马林迪一直是东非沿岸势均力敌的两个城邦，但在对外国人的态度上截然不同。1498 年，达·伽马作为第一个登上蒙巴萨土地的欧洲人，受到十分恶劣的待遇，于是他继续北上，在 150 公里外一个友好的港口停靠，这个港口就是马林迪。马林迪从此成为葡萄牙印度洋香料贸易的中转站。达·伽马在这里找了一个印度商人做导航员，顺着西南季风到达印度西南港口卡利卡特，只用了 20 多天。卡利卡特的皇帝被称作扎莫林，问达·伽马带了些什么贡品来，他就把这一路没卖掉的零零碎碎的东西拿出来：四匹红布、六顶帽子、四个珊瑚、七把铜器、一箱白糖、两桶油和一桶蜂蜜。扎莫林大怒，说：你这是打发要饭的哪？！旁边的穆斯林商人趁机添油加醋，说这个白人根本不是皇家使节，而是一个海盗。达·伽马确实在东非沿岸有过海盗的行径，打劫手无寸铁的阿拉伯商船。扎莫林和达·伽马的关系一下紧张起来。达·伽马一看在扎莫林这里没搞头，就抢了几只印度水獭和16个印度渔夫带走。但从此达·伽马和穆斯林结下了梁子。

因为一心想回国，他不顾季风风向，硬要往西航行，结果旅途十分惨烈，用了130多天才回到马林迪。一半的船员都死了，剩下的大部分都得了坏血病。就是在回到马林迪后，达·伽马在这里立下了达·伽马石柱。

达·伽马在小学生的历史书上的介绍是——伟大的葡萄牙航海家、印欧航线的发现者，和哥伦布、麦哲伦一起成为航海问题的考点，但关于他在航海以外的事情则一概不提。阅读他的生平资料，就会发现他是一个极其偏执、睚眦必报、冷酷无情的人。他因为交不上贡品，被莫桑比克人驱赶，离开的时候在海上用大炮轰炸整座城市。第二次出征印度，他带着无敌舰队要去找卡利卡特的扎莫林寻仇。在印度海域，他袭击阿拉伯商船，甚至连没有任何武器装备的朝圣船只都不放过，从麦加来的五百号男女老少通通被锁在船舱里，一把火烧死，他则站在舷窗外饶有趣味地观看。女人将婴儿举过头顶，贴在窗前求他赦免，他无动于衷。到了卡利卡特，他要求扎莫林驱逐所有的穆斯林，被拒绝后命令葡萄牙无敌舰队在港湾处轰炸这座城市整整两天，断绝它所有的贸易。扎莫林仍不屈服。他又劫持了几艘运米的船只，砍掉船员双手，割掉耳朵和鼻子，把他们派去扎莫林那里挑衅。扎莫林派大祭司去和达·伽马谈判，大祭司是第一个促成达·伽马和扎莫林见面的人，结果他把大祭司的耳朵和嘴唇都割了，还缝了狗耳朵到他头上，赶走了他。

为达目的不择手段，这些细节历史书上当然不能提。所以，历史不受规则规范，而是由结果决定。永远只有赢家得以书写历史，只要结果足够大，局部的牺牲就是合理的，人性的背离也成了瑕疵。因此，小朋友们只需要知道达·伽马是“伟大的”，是“值得纪念的”，至于他如何成就伟大，如何名载史册则是不值一提的。

从我旅馆的窗口，就能遥遥望见这根亮白色的珊瑚柱，它其貌不扬，但象征着大航海时代的来临。这家旅馆也叫作达·伽马客栈，它比你想象的要可怕万分。

整栋楼从外面看起来似乎经历过一场枪林弹雨，窗子几乎都是碎裂的。一楼是幽暗的餐厅，一个大腹便便赤裸着上身的男人正把肚子卡在桌底数钱，戴着沉甸甸金戒指的粗胖手指没有丝毫含糊。他示意有些羞涩的女服务员带我上楼。楼上出于一种诡异的设计考虑，整个楼梯和走廊漆黑一片，大白天都要用手机照明才不至于踏空坠楼，整层客房散发出一种发霉、寂寥、哀怨和恐怖的气氛，没有一间房住着人，我是唯一的住客。在视察了单人房后，发现双人房大些、空些，尽管同样简陋，但压抑的氛围也能稀释些，所以我以同样的价格向女服务员讨了一间双人房。

没有电，热得厉害，出门在海岸餐厅吃了一条烤鱼，被两只野猫厉声乞讨，顺着 Mama Ngima（玛玛尼玛）路走去达·伽马柱。

马林迪是美丽的城市，林荫路的两边是幽雅的白色别墅，一墙以内的生活无从想象。旅游指南说这里是意大利游客的天下，为什么不是葡萄牙人呢？我认不出哪些是意大利人，从草苫高顶的酒店大堂走出来的欧洲游客看上去都是一样的健康、快乐、无忧无虑，他们径直走向拦了麻绳的躺椅区，阳伞下，旁边立着牌子：私人领地，请勿擅闯。不得擅闯的本地人则心安理得地在一绳之外衣着整齐地下水玩耍，由于穆斯林保守的传统，即使在海边，女人们也是裹得密密实实，穿着整套的罩袍走进水里。绳的内外没有互动，看上去像主人的人不过是路过，而真正的主人沉默地拥有。

我一踏上沙滩，就被海滩男孩热情招呼。“想不想坐快艇？我可以带你去海中间的小岛。”看上去十分年轻的小伙子说，“你住在哪家酒店？要不要去海钓？”海滩男孩是极度活跃的海边自封导游，提供设备服务的同时有时也会献上肉身，都只是工作。我摇手拒绝。我只想在海滩上安安静静地坐坐。

身材傲人的本地女孩穿着布料很薄的比基尼在沙滩上跑步，耳朵里插着白色的耳机，胸前波涛汹涌，臀部不例外地圆翘，像是在拍摄运动广告。她跑过我的眼前，吸引我视线的同时，也吸引了我身后度假酒店里四五个中老年欧洲男人的视线，他们低声地谈论，放肆地指点，在女孩跑到他们身边的时候叫住她，饶有趣味地与她谈话。女孩被围在中间，自如地应对。

年老色衰的西方女人寂寥地穿着比基尼穿过海滩，身上的皮肤松垮垮地垂下来，没有一丝美感，也丝毫没有老去的优雅。刚才招呼我的年轻海滩男孩照样凑上去，一路在她身侧搭话，然后两人一起离开沙滩。

看到的都是欲望。

《孤独星球》提供过应对中年危机的十种方法：去迪拜大肆采购黄金；开一辆哈雷摩托驰骋美国 66 号公路；去摩纳哥蒙特卡洛的百万欧元游艇派对醉生梦死；去拉斯维加斯与认识不到一分钟的人举行婚礼；在东南亚用低廉的价格隆胸，并在海滩上度过康复期；去澳门把给子女的遗产输个精光；在英格兰银石赛道完成当赛车手的梦想；去约旦佩特拉寻宝；在澳大利亚和鲨鱼同泳；最后是在印度圣城瑞诗凯诗修行瑜伽。

人到了 45 岁，走向死亡的路程已经过半，过去的半生学到了什么，指引着下面的路径通向何处。面对不可避免的死亡，只有两条路：下坠或上升。

恐惧的人填充。所有的瘾急速加剧，感官和器官都在索取，越来越无意识地吞食、囤积、发泄，借以逃避与清醒的对峙。无论是食物、酒精、药物，还是性、名声或权力，都成为潜逃的居所，恐惧越大，攫取得越多。背负越来越多的重物，沉入最底端，一切从头再来。

无畏的人舍弃。明白死亡不过是诞生的对应，整个生命从落地的一刻就在逐渐死去，看似漫长的生死之路也不过是整条时间长河中的一段，因此更加从容地放弃那些看似宝贵却在死亡到来时通通被回收的东西。只有爱和意识不会消失。无谓的负担被一一卸下，摆脱重力的作用，轻盈上升。

生命是耐心的老师，没有学会的功课，还要一遍一遍地进修，直到可以毕业为止。

6．“地狱厨房”的故事

我来马林迪是为了看马拉法凹陷（Marafa Depression），它的俗名是“地狱厨房”，距离市区中心约50公里，难以置信的是，马他突开过去要近三个小时。原因？马拉法行驶在一片密林中间，没有像样的路，可想而知的颠簸和潮湿炎热的天气让路途不那么愉悦。但这里是肯尼亚最不为人知的自然奇迹，如果不去马拉法，“就像去亚利桑那州不去大峡谷一样可惜”。

2个小时40分钟的颠簸后，我到了马拉法村，这里的村民看上去十分平和，没有什么人会一哄而上嚷着要带你去这儿去那儿。一个卖水果的大妈说，姑娘，你要去“地狱厨房”的话就坐摩托车，但得赶在一点之前回来，那时有唯一一班马他突回马林迪。

马拉法凹陷就在村中心沿着林荫大路往右手拐，直下就是，不坐摩托车的话，走路也不用20分钟。我递一张1000先令过去，售票员只找给我250先令，我立刻指着门票价格250先令质问他，他慢悠悠地说，导游500先令。真是离谱，导游比门票还贵。这又不是看不懂的东西，无非就是看看形状讲故事，我为什么要请个人在我的耳边唠唠叨叨，破坏我自己的想象力还要对他表现出极大的兴趣呢？“不要导游！”我说。售票员冲旁边一个人努努嘴，把500先令找给我。

“地狱厨房”的故事是，一家穷奢极欲的人每天钱花不光，就用牛奶泡澡，上帝很生气，想这么多人连饭都吃不上，你们竟然浪费牛奶，所以就在一个晚上搞得天崩地裂，这家人被沉到了地底。留在山崖上的红色是他们溅的血，凹地底的白色则是牛奶。

这个故事告诉我们：一、用牛奶泡澡是不对的，包括用蜂蜜、红酒、咖啡等其他食物；二、上帝是很残暴的，他会在深夜里趁你睡着了偷袭你。

我绕着麻绳拦着的崖壁开始走，身后是种种威胁声，比如坠落山崖、在凹陷里迷路等，在这片不算幽深、四通八达、抬头就能看到几个导游坐在凉亭里聊天的地貌里，要坠落山崖或迷路似乎都不太容易。但我还是决定不冒险，与崖壁保留一脚宽的距离，不踩摇摇欲坠的山石，也不踩没有脚印的小路，在每处岔路的泥地上画上箭头标记，细心聆听和我一树之隔的意大利旅行团的叽里呱啦声，并且永远只面朝一个方向。

在烈日下徒步很容易让人头晕目眩，我在树荫下歇息。继续绕行下去也没有什么意义，越往远端走，那些血红奶白的颜色就越不明显，慢慢过渡为单一的棕红色矮丘。倒是有一块颇有趣的巨石孤零零地立在一处天然观景台旁，看上去是一个剃了平头的非洲大兵的头像，有着典型的非洲式饱满嘴唇，高耸的鼻梁，大眼睛，圆耳朵。它是如何做到这么逼真的？要是没有人在玩把戏，那上帝之手也太富有创造力了。

一个小时不到我就逛完了马拉法，在村口吃了一顿最最好吃的炖甘蓝和恰帕提饼。甘蓝的湿润度和烂熟度都刚刚好，而且饼竟然是现烤出来的，上桌时摸着还烫手，让我十分感动。

来回六个小时的路程，只用一个小时就看完了景点。回到马林迪老城区，找地方买好去拉穆的大巴票。又要上路了。

从葡属殖民地果阿来的嬉皮士，一定没有适应遵循严格伊斯兰教义的拉穆镇。

7. 拉穆·骑驴

我在拥有悠久历史的佩特里客栈背后的拉穆招待所安顿下来，老板给我三楼通风很好的单人房，收取每天 400 先令的价格。我将在这里居住好多天，有种不舍得一下把拉穆看尽的感觉，所以既没有预定单桅木船的出海行程，也没有雇个导游带我巡城。我只需用尽可能慢的脚步，细细地探索这个老镇。

由于古老的城镇结构限制，拉穆禁止使用机动交通工具，整个镇上只有一辆形似拖拉机的高轮胎车，供政府使用。岛上到底有多少头驴？我问了无数镇民，没人能说清。

我沿着沿海堤道从北向南走。旧港的这一边是传说中的“美丽区（Zena）”，大多是珊瑚石头盖的房子，有三到四层的高度，铺了草苫的三角高顶，住的是老斯瓦希里人；旧港的那一边则是外来人慢慢聚集起来的“幸运区（Suudi）”，房子多是水泥、砖头结构。继续往南走，就是席拉（Shela）海滩，据说有白色的沙滩和西班牙人、日本人买下房子改造而成的别墅，是富人度假的地方。

我在幸运区的清真寺旁遇见在编草席的卡辛姆，他带着自己长得十分乖巧的女儿法蒂玛。我坐在他的旁边，看他把篾子穿过来又穿过去，他问我要不要试试，便把草席塞给了我。他又问我要不要骑驴，他的主业是提供骑驴服务，副业才是编草席。我觉得骑驴是游客才干的事情，而且驴子低眉顺眼总是若有所思的模样总让人心存不忍。不管往哪里一站，总是统一地呈现出45度角耷头耷脑的姿势，是天然呆的沉思者。

卡辛姆说没关系，驴子能驮的重量超乎我的想象，我这点儿肉压不垮它们。我本来想拒绝他，但紧接着他又讲了一个很凄惨的故事给我听。原来卡辛姆曾有个儿子，但五岁的时候得了心脏病，来到拉穆岛的一个西班牙志愿者建议他带着儿子去西班牙看病，并给他们买好机票，安排好医院。卡辛姆在那里陪着儿子动了手术，半年后他因为签证到期不得不回来肯尼亚。结果十天后，医院就打来电话说他儿子已经死了。为了表达对那个西班牙志愿者的感谢，卡辛姆把他的一头驴子以她的名字命名为贝兰妮，他准备给我骑的就是这头有重要纪念意义的驴子。

我觉得西班牙志愿者做好事应该不是为了让一头驴来纪念她，但当我看到这个早年丧子的男人沧桑的脸庞和幼女天真的眼睛时，还是决定抱起草席，跟他去幸运区的家里牵那头叫贝兰妮的驴。我问卡辛姆，镇上这么多驴，每头都自己遛自己，也没人牵着绳子管，大家怎么知道哪头是自己的呢？

他随便拉了头巷里的驴给我看，原来在脖子根处（要么在屁股上）都烙了个印子，这头烙的是两个字母，应该是主人名字的缩写，他自己的五头驴也都烙了他的姓名缩写。其实主人家看自己家的驴脸是认得的，只是为了防止外人牵错。在拉穆镇上，最容易致富的方法就是跑运输，方法就是买上十来头驴组成驴队，为各个建筑工地运送沙料和木材，一天跑四趟。“但一头驴的价格也要好几万先令，母驴的价格是公驴的三倍，组个驴队也不是那么容易的。”

卡辛姆家门口有个上驴石，法蒂玛哭着闹着也要跟着一起骑，所以我让她坐在前面，我在后面。卡辛姆牵着驴绳，走在旁边掌握方向。骑驴其实没什么特别的感觉，驴没有骆驼那么高大，不搞惊险动作；也没马跑得那么快，只是嗒嗒地一路慢走。

贝兰妮带着我们往北走，边走卡辛姆边给我介绍当地房地产市场：“美丽区的老房子和有海景的房子基本上都被穆宗古买下来，那些年代久远的房子都要塌了，主人家也没钱修缮，还是趁它彻底塌掉之前出手比较好。一般 80 万到 100 万先令就可以买一栋楼，穆宗古再把里面彻底装修一遍，夏天的时候过来度假，呼朋唤友来住个两星期，剩下的时间还是交给原来的屋主打理。屋主收钱又有地方住，何乐而不为呢？”他带我参观了好几家正在装修的房子，都是用水泥在原址上模仿斯瓦希里风格翻新一遍。我透过窗缝往里看，那感觉，就像是豪华型酒店一样，反正不像家。

“怎么样？你有没有打算在岛上买栋房子？我可以帮你找楼。”原来卡辛姆的真正身份是房地产中介！

他一路把我送到招待所门口，告诉我如果想骑驴，或者想买楼，都可以去清真寺旁找他，他就在那里编草席。如果有需要的话，他甚至可以把贝兰妮放在我这里，给我当坐骑。我虽然觉得有一头自己的驴很酷，但驴毕竟不是自行车，可以进门的时候锁在木桩子旁，回来它还在那里。它要吃喝拉撒，跑丢了就更麻烦了。我赶紧摆手。

岛上有一座毛驴庇护所，是英国女士伊丽莎白·史文德森拜访拉穆时创办的，和英国、爱尔兰、塞浦路斯、埃及、埃塞俄比亚、印度等国家的毛驴庇护所同属一个慈善机构。门口有一条水槽，一个男孩坐在槽上，毛驴在一旁舔水喝。虽然毛驴看上去五大三粗，鼻孔喷气，嘴边生毛，但喝水时十分斯文，几乎是一小口一小口地在品尝水。槽上有一块告示牌，我问男孩，这上面写的什么？他一字一句地翻译给我听："此水槽供毛驴喝水之用，请勿坐在上面。"然后坐在上面看着我。

一个男人在围栏里招呼我进去看，他是毛驴庇护所的志愿者。我问他，岛上到底有多少驴？其实我一直指望着有人能给我一个具体到比如 2947 头或者 3003 头这样听上去就很专业的数字。但是他摇摇头，说镇民不会来报告他们家的毛驴又生了几头崽，所以只能说大体数字是 2800 ~ 3000 头。院子里大多是浅棕色的小毛驴，毛质和大驴不同，都是软乎乎、毛茸茸的，十分可爱。志愿者说，他们免费收留幼驴，没有能力抚养的驴主人可以把幼崽送来这里，庇护所会在小驴长到两岁半，可以负重的时候，再把驴子送还回去。"它们吃什么？都没有驴奶喝。""我们调配一种奶粉、利宾纳和葡萄适的混合饮料给它们喝。"

毛驴庇护所在拉穆已经取得不错的成绩，现在的镇民都学会使用正确的方法在毛驴的肩部捆绑缰绳，而不会一味地死勒毛驴的脖子，留下裸露伤口。但还是会遇到虐打毛驴的人，他们会进行劝阻教育，并把受伤的驴带回来诊治。

8. 生死房

斯瓦希里民居博物馆藏在美丽区一处僻静的所在，但跟着主街（唯一一条）上处处都有的方向牌走，不难找到。这里有一个安静的大花园，中间有一口水井，门口坐着大嗓门的胡思娜嬷嬷。门口的指示语上对游客提出洁身自好的要求：为了让拉穆的子孙后代仍能尊重伊斯兰教传统，请你不要穿着暴露，比基尼更是不允许，请注意你在拉穆的言行，不要在公开场合有亲密行为。

胡思娜嬷嬷先带我去布斯塔尼咖啡馆买了一份 *Chonjo*（《准备》）杂志，随刊附送一份拉穆地图。回到民居后，她很详尽地向我解释从大门到内屋的各个构造，有很多有趣的地方值得追问。这是一处保存很好的斯瓦希里民居，保存着通风和自然的格局，院落大门正对着一处回音壁，是给女眷使用的。如果主人家不在，女人是不能给客人开门的，不能有视觉上的诱惑，连声音都不行。所以女人要对着回音壁说话，用回声和门外的人对话，这样就不会让外人产生遐想。我暗想，斯瓦希里男人是有多不能自持啊。

客厅是敞开式的，坐在这里可以直接看到院落里的场景，但只有男人可以在这里聊天，女人只能在后面的厢房谈话。墙壁上部嵌有整排整排的拱形龛阁，在我住的拉穆招待所里也有这样的一整面装饰墙，每一阁里都放着装了贝壳的玻璃罐。胡思娜嬷嬷说，这面墙一方面有装饰的作用，另一方面，把珍贵的东西放在高处，小孩子不容易拿到，而且这面墙的墙体很厚，可以隔绝客厅和厢房的声音，里外的对话都能保持私密性。

里面的房间就是主人家的卧房，床边挂了一匹棉布肯加，这种缠身棉布衣服是斯瓦希里妇女的传统服饰，不论是出门还是在家都穿，上面通常印有一条斯瓦希里谚语，是肯加的“名字（jina）”。和现代年轻人通过T恤上的标语表明自己一样，穿印有不同“名字”的肯加也是斯瓦希里妇女表达态度立场的方式。有些强势而独立，表达女性宣言，比如“Msilale，wanawake！”（“女人，给我醒来！”），有些很搞笑，比如“Mke mwenza！！ Haa！！ Mezea！”（是老婆对着丈夫说的：“纳妾！哼，你想也别想！”）。我问胡思娜嬷嬷这匹肯加上说的是什么，她给我翻译：不要在你的丈夫面前掩藏你的裸体。

斯瓦希里民宅里最特殊的地方就是最里面的一间“生死房”，这里有两张床，东头的一张是“死亡床”，西头的一张是“诞生床”，斯瓦希里人在这间房里操办生死两件大事。死去的人尸体放在这张床上，由最近的同性亲属为他（她）按摩24小时，再送去清真寺做祈祷仪式，然后埋葬。而产妇则在另一张床上生产，床下生火炭，整个房间密不透风，让产妇通过出汗来排毒，生产后仍要在这里躺40天“坐月子”，40天后身材恢复以前的样子，容貌光鲜亮丽，才能准备为丈夫再生下一个孩子。我问：“如果同时有人过世又有人产子怎么办？”胡思娜嬷嬷简要地说，尸体只在这里停留24小时，产妇则要躺40多天，所以没有大碍，产妇和尸体可以同处一室，之后尸体躺过的那张床会被换掉。

“现在还有这样的生死房吗？”我问。

她说：“只要是老房子，就仍然保留有这样的房间，我家里就还有这个生死房。”

至于她用不用，我就不再打探。

院落里有一个壁龛，面向北面麦加的方向，是留给妇女祈祷用的，家中的男人可以去清真寺祷拜。旁边是通往二楼厨房的楼梯，下面两级较矮，在上面的梯级则高得不像话，是为了防止孩童爬上二楼设计的。

胡思娜嬷嬷告诉我，这两天她还在拉穆要塞负责镇长竞选的宣传活动，如果我没事的话，可以去为她支持的候选人图马尼助阵。她会给我发一块有图马尼头像的头巾。

9. 拉穆·政治

我从第三天起养成在红树林食铺吃早餐的习惯，像本地人一样，先要上一杯热腾腾的甜茶，再要两个油乎乎的曼达滋，加一盘斯瓦希里炸土豆，最后再以酸酸的罗望子冻果汁消暑。

我总坐在固定的座位上，一道竹帘放下，隔开外面的热风和视线，脚可以跷在木头矮栏杆上。这张桌子的另一边总是会坐下各种各样的人，有时是建筑承包商，有时是来游玩的本地家庭，有时是网吧老板，有时是孤身一人的小年轻。这天是两个身形宽硕的中年男人，路上的人不时透过竹帘看进来，低头哈腰地走过来，伸出手来祈求他们的祝福。瞎了一只眼的老头也过来，从他们那里领几个赏钱。我对他们视若无睹，结果埋单的时候发现账单已经被结过，红树林的小老板说，你同桌的人请客。

我回到桌边谢谢他们，问："你们是政客吧？"他们有些得意地假装惊讶，说："你是怎么看出来的？"我神秘兮兮地笑笑，继续问："为什么要帮我埋单呢？"一个头发已经花白的男人说，希望你能支持我们的候选人图马尼。我呵呵干笑，说，我可没有投票权。他们说，没关系，你可以帮我们宣传。

一天后，同样坐在他们的位子上的是一个长相十分标致的年轻男孩子，鼻梁高挺，眼睫毛又长又翘，看上去不过 20 岁的样子。他十分礼貌地询问我是否愿意谈话，然后提及，第一天我从码头上岸时，他就看到我，一直希望能再一次遇见。他和镇上的绝大多数人一样，叫穆罕默德，卷卷的头发暴露了他的阿拉伯血统。他说自己 21 岁，高中刚刚毕业，正在打算继续读大学。我问他打算学什么专业——在拉穆，渔业和旅游业最兴旺。他说自己想学习法律和政治，五年后正好可以赶上下一次拉穆镇顾问团的竞选。

"为什么喜欢从政呢？"对一个 21 岁的男孩子来说，政治恐怕是颇为枯燥的事情。

他说，拉穆镇的顾问月薪有 40 万先令，而且在肯尼亚，最漂亮的姑娘几乎都是嫁给政客。在整个中学期间，他都是年级的学生会主席，要解决同学们的食宿、心理、学业等各种问题，他觉得自己从这个职位上得到了很大的满足感。如果没有钱拿他都能喜欢这种服务他人的职务，那么有 40 万先令的月薪会更好。他几乎对五年后的竞选志在必得。

红树林里有一桌人突然提及图马尼这个名字，穆罕默德马上竖起耳朵认真地听。他说自己对一切与政治有关的事情都十分敏感，然后为我分析现在拉穆镇长竞选的局势。2013 年大选，镇长也要换届，现在有两个势均力敌的热门竞选人，一个是我听过好几遍的图马尼，五十来岁的律师，我们眼前的这条海堤路就是他出钱修的，很得民意，风头正劲；另一个是现任镇长法希德，已经在位 15 年，刚上任时还做过一些实事，现在已经显出颓势，看来这一届该换下去了。但图马尼最大的问题是财力不如法希德，毕竟选举还是金钱在说话，一张张选票都可以通过钱搞定。

下午，拉穆要塞门前的广场拉上了图马尼的巨幅竞选海报，一张大脸足有两层楼高。晚上这里有他的竞选活动，我溜达过去看的时候，拿着拐杖的白色长衫穆斯林长者们都围成圈在表演拐杖舞（Goma Dance）。在这种大型晚会上，不是穿得漂漂亮亮的小姑娘来跳舞，反而是上了年纪的爷爷们在表演。爷爷们随着缓慢的节奏把拐杖举起来，转 90 度，然后放下，向旁边移一步，再把拐杖举起来，转 90 度，然后放下。单一的表演没有高潮，没完没了，让观众群里的我进入一种迷幻状态，但似乎很讨图马尼欢心。他把一张张的钞票塞到爷爷们头戴的刺绣穆斯林小帽子里，一张张老皱的脸旁飘的都是钞票，笑得开了花。裹得密密实实的妇女儿童们则饶有趣味地挤满整个广场观看表演。

每年伊斯兰历法的第三个月（先知穆罕默德的诞生月份）的最后一个星期，东非的穆斯林们都会汇聚到拉穆的宗教中心——里雅达清真寺庆祝圣纪节（Maulid Festival），拐杖舞和抖剑舞都是庆祝的仪式之一。由于伊斯兰历法与月亮的阴晴圆缺相关，所以每年圣纪节落在的阳历月份都不一致。2012 年落在 2 月，2013 年则落在 1 月。我粗略地瞄了一下 Chonjo 印的拉穆地图，小小的一个镇上竟有 13 座清真寺，里雅达是其中最有声望的一座。一个也门来的宗教老师哈比卜·萨利赫在130多年前来到这里，吸引了许多学生向他学习，并在1900年时修建这座清真寺。白墙绿柱的建筑坐落在大棚菜市场附近，并不十分雄伟，但至今这座伊斯兰学校仍在传道授业解惑。

10. 海滩男孩：无处让人安宁的拉穆

晚上在广场凑热闹时，看到一对十分引人注目的夫妻：丈夫是拉斯塔（一个特定的群体，多留长发绺，素食），妻子和《生活大爆炸》中谢尔顿的女友很像，戴着古板的眼镜，脸上是严谨的神情；两人的小儿子十分可爱，有着典型的非式爆炸头，皮肤是浅棕色，上蹿下跳。

这应该是一个很美满的海滩男孩的爱情故事。

《孤独星球》上轻松地提醒，单身女性游客在拉穆找男朋友是很容易的事情，因为到处都是海滩男孩。他们衣着时尚，光鲜亮丽，从来不放过任何兜售毒品、推销团队游和奉献感情的机会，这是一份职业，也是一种生活方式。

但就是这种“便利”，让我每天的生活都十分不便。不记得在哪里读过，在穆斯林国家，女性的地位可比黄金珠宝。和男伴在一起时，别人不会与你直接对话，而只会和你的男伴交谈，因为你是珠宝，是配件。照此推理，只身行走的女性就是没有人佩戴的珠宝，人人都有据为己有的念头。《走出非洲》里也提到，穆斯林女人不用对自己的行为负责，即使犯了大错，也由丈夫承担责任，因为女人是男人的财产，和羊群闯祸的性质是一样的。

不夸张地说，我宁愿拉穆人当我是不能言语的珠宝和沉默的羔羊，那样我就不用这么闹心。在拉穆的沿海堤道走上一趟，至少会有四五个各种船长、各种拉斯塔和你搭讪，未必一定是要和你拍拖，但同样索然无味的对话说上个几遍，只会让人生厌，对拉穆人的“热情好客”也有些招架不住。

在友好的谈话、商业的动机以及感情的交易之间，我很难一开始就判断出对方到底要什么。所以只能用最笨的方法直接问，请问你是海滩男孩吗？有人就会笑得很干，比如晚上我在堤道旁散步时遇到的爆炸头男孩杜拉。他反问，什么叫海滩男孩？他对我一个人坐着看大海似乎很不满，坚持要和我聊天。我说，能不能让我一个人待着？他说，不行，我要是不看着你我怕你会自杀。在他的世界里，没有一个人的状态。我说，我没有要自杀，我好好的，就是想安安静静地看看大海吹吹风。他坚持要和我聊天，被我再度拒绝后挑衅地说，你们中国人就是难搞。我说，是我难搞，不是中国人难搞，我不能代表所有的中国人。他则不管不顾地继续说，中国人在拉穆岛从来不和人说话，一遇见本地人要交谈就吓得东跑西窜，有人还要带着保镖出行。他觉得中国人十分不友好。

不友好就不友好吧，我觉得无所谓，我让他就叫我“难搞小姐”。说实在话，杜拉不算讨厌。他让我把手放进他软蓬蓬摇头晃脑的爆炸头里，手感很奇妙。我吹了一会儿风，就打算回旅馆，他则说，一起去酒吧嘛，穆宗古都去那里。那我就更不想去了。在拉穆这个伊斯兰小镇居然有酒吧，西方的风气在让人担心地一点点入侵本土文化。临走时我故意对他表示抱歉，说不好意思，让你浪费时间了。他哈哈一笑，说明天见。

后来遇见穆罕默德时，我也问过他是不是海滩男孩，他则十分干脆地说，自己是男孩，但不是海滩男孩。

“那海滩男孩要怎么辨认？”我问。

他说，他们大多都留非式爆炸头或者拉斯塔的长发绺，很少把头发弄得整整齐齐。

海滩男孩的终极目的又是什么呢？我在想，像杜拉那样年纪轻轻的小伙子，身强力壮，干吗要当海滩男孩？

穆罕默德说，拉穆是个富裕的岛屿，生在拉穆是一件幸运的事情，这里有石头房子，有无敌海景，大多数人家里传统的工作是打鱼，但年轻人多数不愿意干重活。打鱼是很苦的工作，常常一出海就是三四天，回来休息一两天又要出海，在船上条件十分艰苦。年轻人想来钱快，最快的方法就是和游客打交道，西方游客通常出手阔绰，他们可以从介绍的业务里抽佣。据他所知，那些海滩男孩还有一个更长远的目标——希望西方女朋友把他们带出国。他有一个邻居，之前是个拉斯塔，瑞典女朋友和他结婚后把他带去瑞典，又为他找了份工作，每年会衣锦还乡一次，现在变成见面会和你握手的人了，彻底变了一个样子。

海滩男孩的生活也不易，毕竟是吃青春饭的活儿，如果运气没那么好，一直没有西方女人肯把自己带走的话，那么过了鼎盛之年的老男孩们最后只能做拉客牵线抽佣金的活儿。一个总是缠着我的粗糙的拉斯塔就是这样，一身呛人的烟草气味，虽然仍有长发绺，但已经没有神采和活力了。

无处让人安宁的拉穆其实有一处清静之地，就是隐藏在民居博物馆背后的巴斯塔尼咖啡馆。第一次胡思娜嬷嬷带我去买杂志之后，我就记住了这个地方，于是无所事事的下午，我就摸去咖啡馆看书。

巴斯塔尼（Bustani）在斯瓦希里语里就是“花园”的意思，这里是名副其实的秘密花园。一扇木门打开后，所有的角落都被绿色遮掩，别具匠心的设计让每个人都享有隐私。进门右手边就是一处小书店，里面除了新书出售，还有各种二手书供人阅读。店员贾米拉是特别年轻的姑娘，穿着连衣裙坐在小小的木头桌子后面看书。

她告诉我，巴斯塔尼已经开业三年多，老板是一个美国女人，叫哈蒂嘉，也是 *Chonjo* 杂志的创办者。Chonjo 的意思是“准备”，每两个月出一刊，三位撰稿人常在二楼的露台开会，两张特大的木头写字台正对着外面，她们在那里写文章。*Chonjo* 每刊只印五百册，文章关注拉穆生活的各个方面，这一期介绍了最好吃的本地芒果和印度洋贸易的历史。贾米拉说，自从 2011 年青年党在拉穆绑架一个英国老太太，又把她给弄死之后，拉穆一下子上了旅游地黑名单，游客人数锐减，很多旅馆和餐厅到现在都没有开门，巴斯塔尼的生意也不太好。

但看得出来，哈蒂嘉还是把这里当成家来打点，每个角落都十分精致，餐牌上有各种小食和饮料，四只胖猫懒洋洋窝在各自的领地躺着打盹，一只就大喇喇地睡在桌上。我拿了一本旧得发黄的《马赛武士的世界：自传》，坐在游廊的屋檐下抱着抱枕随意地读，贾米拉在厨房里为我调一杯新鲜的冰茶。两只乌龟在后院里交配，大红的扶桑花、紫红的三角梅、嫩黄的鸡蛋花都开得绚烂，我看着看着，竟然睡着了。屋顶上滴滴答答地响起雨声，贾米拉赤着脚走到院子里，把石凳上的坐垫一沓沓抱回来，又用塑料布把木头桌子盖上，她回来后，雨已经下得哗啦啦。

我和她坐在屋檐下看雨，互不打扰，安安静静地享受难得的片刻。

会不会有一天，我也在世界一个不为人知的角落的写字台旁，从此安宁下去。

11．导游哈里带给我的见闻

拉穆博物馆据说是拉穆最好的博物馆（不然还会是哪个博物馆？），我花了昂贵的500先令进去看看有什么宝贝，据说这里陈列有各种斯瓦希里服装，世界上最大的犀牛号角（siwa），还有号称“海洋骆驼”的传统船只。一个自称是志愿者的讲解员带我上楼，他叫哈里，是古利阿玛人，旅游专业的学生，从盖德过来实习。他迫不及待地给我无比庞大的信息量，但我又热又尿急，无心聆听，催他赶紧带我去厕所。

斯瓦希里的盥洗室很有意思，里面有个类似浴缸的池子，满满的一缸水，下面有一个中国风的陶瓷盘嵌在池底。池水是无法流动的，哈里说，但是他们会在里面养鱼，保持存水干净。我觉得很不可思议，鱼在里面游来游去怎么洗澡，鱼粪又要怎么办？他倒觉得我的理解不可思议，鱼在里面跟人洗澡有什么关系？原来斯瓦希里人不是泡在浴缸里洗澡的，而是拿一个类似于瓢的东西站在池外冲水，所以只要不把鱼舀出来冲到身上就没有问题。那个陶瓷盘子则是聚积各种固态沉积物用的，只要把盘底清理干净就可以了。

他带我上二楼，在楼梯尽头就吓死我了。我不得不说，博物馆的陈列人员太有想象力，在玻璃柜里放了两具没有人头只有四肢的人偶来展示肯加服饰——两个“女人”的皮肤都呈棕黑色，穿着紫底绿条和紫底黄花的肯加。一只手手心摊开，做出乞讨的姿势；另一只手则手背朝上，做抓人状，手脚上都绘满指甲花纹样，看得人汗毛直竖。旁边一间房则是斯瓦希里婚房，过高的大床是为了防止儿童爬上去搅局，但距离大床不远的地方还有一张小床。哈里绘声绘色地说，这张床是给新婚小夫妻的祖母用的，因为两人都没有经验，所以新婚之夜祖母要现场指导。新郎真不容易啊！

另一个小房间里放了一个新娘的人偶，呈现斯瓦希里的服饰，旁边附有解说词，包括婚礼前七天开始新娘需要怎样用芦荟熏香自己的身体，前三天开始怎样用糖和柠檬汁来护理自己的头发，当天的仪式步骤，等等。我倒十分期待能看到一场真正的斯瓦希里婚礼。

哈里带我去二楼阳台，这里正对着码头，看得到海面上单桅木船来来往往，却没有下面的喧闹。他说没有游客的时候，他就在这里坐着。桌面上放着一盒播棋（Bao），我问他能不能教我。在拉穆要塞前的广场上，总有一丛丛的男人们围着在下播棋，或者玩另一种从印度传来的手指桌面斯诺克。

播棋是斯瓦希里地区的传统棋盘游戏，Bao 就是斯瓦希里语“板子”的意思。一个 4×8 凹坑的木制棋盘，两方各有 32 颗猴面包树种子，各把种子两颗两颗地放在凹坑里。一方先手，从任意凹坑开始，把自己一个凹坑里的种子一颗一颗以逆时针顺序依次“播种”到对方的坑里，拿走对方凹坑里所有的种子后，再依次一颗一颗播下去，一直播到一个空洞为止；对方再从任意凹坑开始，把自己的种子“播”到对方的坑里。所以你能看到下播棋的两个人莫名其妙地不停地把种子拿出来又放进去，放进去又拿出来，游戏最终的目的就是把对方的种子全部种到自己的凹坑里。据说这是一项混合博弈论、复杂理论和心理学的伟大游戏，我和哈里下的第二盘就无心赢了他。他说，教给我的是简单的“月亮”播棋，还有“星期五”播棋，更难。

两盘下完，哈里也无心工作了，自告奋勇带我去看椰子酒的酿造。我们经过当地人的墓地。我突然想起在民居博物馆时，胡思娜嬷嬷讲过关于逝者 24 小时的按摩传统。我随口向哈里提起，他讳莫如深地说，可不只是按摩那么简单。

接下来他说的事情无从考证，如果有对斯瓦希里葬礼传统十分熟悉的读者，请指正。24 小时的按摩，不是为了放松死者的身体肌肉，而是要用大力气按压腹腔的内脏，把尸体内残留的食物、粪便全部清理干净，连肠子都不能留在体内。下葬时没有棺材，墓地的尸体都呈一线排开，垂直于地面并向右侧躺，面向麦加方向。墓碑都很朴素，没有外部装饰，只有野花装点。

当地人墓地之后就是外来部落的聚居地了。哈里敲开一个木头门，里面一个女士愤恨地伸头出来问我们要什么，他说要椰子酒。女士面无表情地关门，再打开的时候从门缝里递出一杯奶白色液体。我不想喝，哈里拿给他的一个朋友。椰子酒到底有多少度？卖酒的女人说不清楚，哈里也说不清。

哈里只能告诉我，卖酒的人都是趁夜里把矿泉水瓶子放到椰子树上，割开树茎，让树汁一点一点地流出来，收集在瓶子里后自然发酵一夜，天亮之前就要爬上树把瓶子收回来。因为穆斯林禁酒，所以白天树上不能绑瓶子。

回国后我查资料，两个小时发酵出来的椰子酒微甜，酒精度和啤酒差不多，在4%左右；放一天发酵出来的就是烈酒了，口味偏酸偏重；如果再发酵下去，就丧失酒精度了，最后变成醋。

12. 造访中国后裔

一觉醒来突然决定去尚加（Shanga）。自从到了拉穆镇，每个遇见我的人都要煞有介事地问，你是中国人吗？你去过尚加吗？你知道尚加就是用“上海”来命名的吗？那里有中国人的后代，中国政府还带走了个女孩去读大学呢！

他们口中的中国后裔，是郑和第四次下西洋在帕泰岛（Pate）附近沉没的船上的水手在岛上定居后与当地女人通婚留下的后代。*Chonjo* 杂志上说，中国的科学家们已经确定了帕泰岛居民的中国血统。

拉穆群岛由拉穆岛、曼达岛（Manda）和帕泰岛等岛屿组成，尚加和锡尤（Siu）都在帕泰岛上。我要去寻找同胞，就必须赶上十点钟的唯一一班公家大船，至于怎么回来，到帕泰岛再想办法。

船上的情况实在不容乐观，我挤上去的时候，已经有大约90个人坐好了，其中60个女人坐在船的一侧，30个男人坐在船的另一侧，中间是无形的界限。我和一只湿乎乎一直在翻白眼的绵羊挤在男人这一侧，码头上的民工不停地往下扔大包的水泥，我手里拿的上船吃的面包被洒了一层一层的灰，恨得只能扔到船舷上。那只绵羊也没有好日子过，总是被穿着油腻腻的烂背心的船夫奋力拉动马达时踩到船舱下面去，在他努力了30多次，并且把马达拉得直冒烟之后，我们的船才缓缓启动。绵羊重新幽幽地露出头来。

我背向大海，面朝船舱，屁股就放在极窄的船舷上，一边要提防着掉到海里，一边还要避开马达冒出的黑烟。大船顺着红树林水道一直向东向北，我耷拉着脑袋几乎就要入睡，突然听到人群喧哗起来，扭头往船外看，竟然是一群海豚！其中一只兴奋地跟着我们的破船一次次地跳出海面，其他的则在快乐地绕圈。海豚们一定觉得我们这90多个人是心地单纯的欢乐度假者，于是才加入这支队伍。海豚们，你们误会了，我们是一路开一路排放黑烟的公共汽船，我们不热爱环境，怀有各种目的登上船板，内心也并不单纯快乐。你们这样无私现身，让我受宠若惊——我可没有预期能在这么恶劣的环境里看到海豚，就像只是出门搭公共汽车，却在马路上遇见长颈鹿一样奇幻。旁边的男孩说，这片海域有很多海豚，他们常能看见。我觉得他们很幸福。

到了帕泰岛要下船。这里没有码头，要么顺着桅杆爬到高堤上，要么爬下梯子从水里上岸。眼看裹着罩袍寸步难行的穆斯林嬷嬷们费力地转身，爬梯，还是不可避免地整个人摔进水里，心酸之余，我觉得自己不用里里外外

↑人生中有许多个难忘的夜晚，在东非快车上的夜晚是其中之一

↓这个设计者一定是个幽默的人

↑蒙巴萨香料市场，在世界香料贸易最初发展阶段，这里扮演着中转者的角色

↑ Kigango 丧葬木柱，随死者亡灵一同葬下的是活人的慰藉

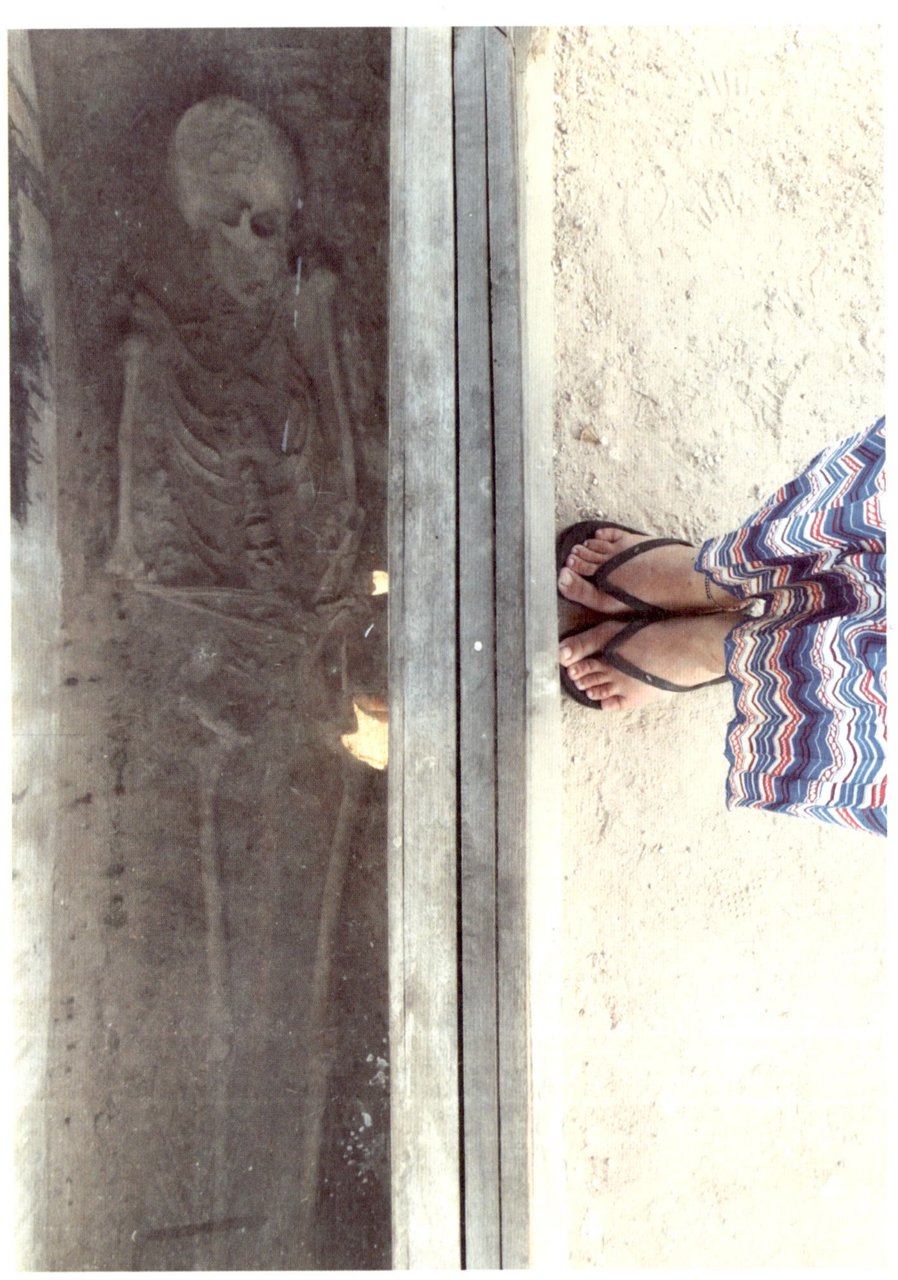

↑ 浮生若梦，安息便好

↑非洲田园般的吉利阿玛木棚

↓红树林　气生根

米达溪，印度洋的入海口

↑蒙巴萨老城

↑蒙巴萨老城纪念品

↑蒙巴萨老城纪念品

↓他们是你身边有血有肉的人，曾有过灿烂或暗淡的生命

↑拉穆沿海堤道

↓传说中的“地狱厨房”

↑拉穆孩童

↓骑在驴背上打手机

↑穆斯林妇女

拉穆镇的小巷

仍在传道授业解惑的里雅达清真寺

拉穆码头

↑播棋

↓玩播棋的男人们

↑中国后裔巴拉卡嬷嬷

裹三层实在值得庆幸。还没轮到我展示身手，身边就有人戳我背脊，说岸上有人叫我。怎么可能呢？我在这里半个人也不认识。但顺着那人指的方向，确实看到一个戴着墨镜的中国男人正在眺望我，身边还有一个本地人为他撑着一把七彩大花伞。我心想，哟，地主老财。然后自顾自地下了船。

地主老财先生叫住我，问："你是中国人吗？"我说是。他和撑伞的人一阵笑——他跟人打赌我是日本人，打输了。地主老财自我介绍说姓穆，是中国地球物理石油勘察队驻扎在帕泰岛的工程师，他们的营地就在码头旁边，热情地邀我去做客。但我得先确定下午怎么回去，所以在码头附近打听了一会儿。一艘叫"苏黎苏黎"的船会在下午四点返回拉穆，船长答应捎上我。这样我就放心了，可以去蹭午饭了。

进门要检查的营地搭了很多白色帐篷，看上去又大又整洁，还有难得一见的空调。穆先生带我进餐厅，开冰箱，让我想喝什么自己拿。那真叫琳琅满目：塔斯克啤酒、可乐、苦柠檬、激浪……物质极大丰富。我拿了一罐冻可乐咕咚咕咚灌下去。先吃饭的人给穆先生留了饭，他给我也拿了一盘，是中国师傅做的——炒黄瓜、炒土豆丝、蒸番薯，还有看上去有点黑的烧鸡。旁边虽然准备了一双双筷子，但我觉得有点陌生，徒手抓饭两个多月，用筷子有点使不上劲，还是用手更自在，我抓了个馒头吃，又开了罐可乐。

穆先生没人给撑伞后，再去掉帽子，其实长得特别面善，像范伟。他说，这儿有二十多个中方人员，四个白人，是甲方指定的监督员。好几个人都来餐厅坐下，一边吃饭一边聊天，都特别热情。他们又把中国人后代的故事给我讲了一遍，然后叫来一个本地男孩，说他叫谢里夫，他妹妹就是人们口耳相传中那个被带去中国读大学的女孩。

我说想坐摩托车去尚加，他们说，现在尚加几乎已经没人住，都搬到锡尤来了。要是方便的话，他们给我找车带我去。我哪好意思麻烦别人，还是觉得坐摩托去比较自在，穆先生就派了个本地工作人员给我当导游，叫西兹。

往锡尤去，一路都是野生的棕榈树林，很少能看到人类的踪迹，少有的几座简陋的草棚，外面晾着肯加。摩托车几次打滑，我胆战心惊又充满期待，在路过一棵庞大的挂了“SIU”三个字母的大树后，我们被摩托车放在一个小村里。西兹带我一路问话，找到了谢里夫的家，一个老嬷嬷坐在厨房招呼我们。她就是传说中的中国人了！

你问我她像不像中国人，凭良心说她不像，但是她有那种全世界老奶奶都有的一笑就能温暖人心的皱纹脸庞和漂亮的大眼睛。老嬷嬷叫巴拉卡，是谢里夫的妈妈，她的前任丈夫也在院子外面，叫拉里，是谢里夫的爸爸。嬷嬷不懂英语，她 12 岁的外孙女自告奋勇来为我们当翻译，把我的问题传给外婆，再把外婆的话翻译给我听。小女孩叫玛瑞安，长得特别俊俏。她转述，中国人拿了嬷嬷的头发去化验，确认她是中国人的后裔，然后带了她家四姑娘玛玛卡去南京学医，已经去了七年。营地的谢里夫是老三，还有一个老五在蒙巴萨半工半读。大女儿就是玛瑞安的妈妈，也住在蒙巴萨，二女儿叫阿米娜。我问巴拉卡嬷嬷，老四在中国读书她高兴吗？她说，当然高兴，如果老五也能有书读就好了。

玛瑞安就在锡尤读小学，她亲昵地贴着外婆坐，摸着外婆的头发。我觉得很好玩，小姑娘像摸小动物一样在摸外婆。她说，外婆特别喜欢别人摸她的头发。我征得外婆的同意，也伸手去摸，发现她的头发特别细软，和非式发质很不一样。

巴拉卡嬷嬷在低声说着什么，玛瑞安毫不避讳地翻译给我听。原来巴拉卡在埋怨她的前夫拉里，他就站在我们旁边一直笑着听。嬷嬷特别前卫，已经75岁，但还是和拉里离了婚，两人都已经再婚。我忍不住笑，问她，为什么离婚？她说，因为年龄差距太大。拉里现在只有62岁，娶了一个特别年轻的女孩，让她不太高兴。

我和嬷嬷一起聊天聊得带劲，要不是西兹提醒我，我都要错过回程的船了。临走前我问玛瑞安，你觉得自己是中国人吗？她大眼睛一眨一眨，说，我爸爸是阿拉伯人，所以我不是中国人。

赶回码头时，好多乘客都已经坐上苏黎苏黎，我赶紧又奔回营地和穆先生告别，再次谢谢他的热情招待。苏黎苏黎是装了发动机的改良木船，我坐在船的左侧，好多嬷嬷坐在船的右侧，几个小青年则坐在桅杆上。一个嬷嬷躺在甲板上，打算趁机睡一觉。没过一会儿，我们坐在左边的人就发现情况不对劲，浪一个劲儿地往我们身上打，右边的人则一点儿也没事。我旁边的人一副大义凛然的样子，任凭被海浪浇个湿透。我被浇得受不了，桅杆上的人拉我一把，让我坐上了桅杆。那个睡在甲板上的嬷嬷简直都要被淹在水里了，她终于没法儿再装睡，爬起来坐在我原来的位置上，用麻袋把自己罩了起来。

船身晃荡得很厉害，嬷嬷们在激烈地讨论着什么。我旁边的青年问我："你会游泳吧？嬷嬷们在担心船马上就要翻了。"我心想，船要是翻了这些嬷嬷们一定全完蛋——拉穆的小青年们每个人都水性极好，就是泡在海里长大的，女孩则被禁止到海边玩耍，所以到老都不会游泳。我问他："有过翻船的记录吗？"他说："没有。"我们讨论起刚才看到的中国人后裔，我告诉他，中国人第一次来的时候从肯尼亚带了一只长颈鹿回去，被当成麒麟神兽，后来中国才有了长颈鹿。他仔细思考一下，蹦出一句：“当时那只长颈鹿一定怀孕了。”我大呼高见。

我们在落日的余晖中渐渐靠近拉穆排列着白色房子的堤岸。

13. 肯尼亚第 87 天

现在是格林尼治时间早晨六点，斯瓦希里时间上午十二点。

我坐在拉穆码头的红树林食铺，一道竹帘把我和熙熙攘攘的沿海堤道隔开。手边是一杯罗望子冻果汁、咬了一半的曼达滋炸面包和三只此起彼伏在糖罐边沿降落的苍蝇。老板法里德说，最后一次了，我来请客，想吃什么就说。我告诉他我可能会怀念一杯罗望子果汁。

印度洋湿润的海风吹不动我打结的长发，人中处以每三秒一滴的频率渗出细小的汗水，堆积在我的上唇。

我背着大包，等待着一班似乎永远不打算开的船。我永远搞不懂他们在忙什么，马达为什么永远打不着火，为什么永远有个人跳上船后又匆匆忙忙跳下船，为什么永远要穿一件湿漉漉的救生衣。所有人都在热烈地交谈，对旅途的期待、向家人的告别、与朋友的电话。一切都与我无关。我仍是人群里那个格格不入的穆宗古。

这是我在肯尼亚的第 87 天。我突然发现自己一无所知。

第五章 家

“不是我在离开。我自己的力量无法让我离开非洲，而是这个国家在缓慢地、庄重地，将自己抽离于我，就像大海退潮。”

——凯伦·布里克森《走出非洲》

1. 重回内罗毕

从马沃凯码头回蒙巴萨的路上，下起了蒙蒙小雨。我把窗户掩上，入迷地盯着沿途大片大片的手掌一样的森林，雾气升起，肉墩墩的小疣猪在妈妈身边跳来跳去，精灵一样的滴滴鹿长久地站在路边，茫然地看着我们驶过的车辆。这才是非洲不是吗？生灵自在地存在于此，它们在这里，在它们本该在的地方。

旁边的斯瓦希里嬷嬷默默地拉过我的手，把一串红色石头银链戴在我的手腕上，一块石头裂了一条细缝，她让我不要在意。

一直不说话。到蒙巴萨的时候已经晚上八点，买到现代海滨大巴公司晚上十点半最后一张回内罗毕的车票。我卷起毛巾，将它和牙刷塞进小包，打算在车站附近找个洗澡的地方，大巴的工作人员说有一家叫作米克马的酒吧，楼下可以吃饭，楼上可以用钟点房洗澡。

米克马装修得灯红酒绿、乌烟瘴气，关在铁笼子里的服务员问我想吃点什么。穿着拖鞋短裤，提着一个扎染蓝花包的我故作彪悍地走进酒吧坐下，要了份烤肉。我拉住来收拾前人吐出的一小堆白骨的女侍应生，问她哪里可以洗澡，她又喊来一个装修工模样的面容狰狞的大叔，说，这个女孩要洗澡，你等一下带她去。大叔上下打量我一番，让我周身不舒服。

这个狰狞的大叔在我嚼烤肉的过程中两次急匆匆地跑到我的桌边，大喊“我们走”。我怒不可遏，吼他：“你没看到我还在吃晚饭吗？！”到他第三次跑来催我赶紧走的时候，我警觉地意识到，我的洗澡和他应该有密不可分的关系，他搞不好已经在外围卖好门票，看客们等得不耐烦了。

最后我一边剔着牙，一边跟随他上了这栋楼的三楼，狭窄的通道经过一个个的小房间，你一看就知道这个地方是做什么用的了。狰狞大叔和一个瘦弱男打招呼，瘦弱男领我到一间刚被用过的小房间，床上的床单还是湿的，一个安全套纸袋撕开一半丢在床上，空气中弥漫着浓烈的荷尔蒙气味。我压住泛上来的厌恶感，要求换一间房。瘦弱男懒洋洋地说：“你不就洗个澡吗，又不用这张床。”我扭头下楼，大叔在身后的走廊上嘶哑地叫喊。

另一家有阳台的旅馆听说我想洗澡，要收500先令——用这个价钱我可以在其他旅馆住上一整晚，想洗几次澡洗几次澡！我觉得他们疯了。最后在一家偏一些的旅馆以300先令成交，条件是我必须在20分钟内出来。公共浴室，凉水，洗了没几分钟，就有人开始拼命砸门，我恨得咬牙切齿，难道是想让我放你进来不成？出来一看，一个光了半身，只裹条毛巾的男人在外面盯着我。我是不会被你的淫威吓到的！我镇定地走回房间，做了个基本护肤，出来赶车还有时间富余。

坐了整整一夜的车，实在太冷，又很颠簸，没有办法睡觉，但想到要回内罗毕了，心里还是高兴的。已经离开内罗毕一个月，克莱伦斯[①]打电话来，希望我住在家里。

① 作者在基贝拉做志愿者时结识的朋友，在附录《基贝拉志愿手记》中提到。

2. 家的颜色

一个月前，家是温暖的橘黄色，有音乐、美酒、欢声笑语和食物的香气。一个月后，重新回到这里，一切都是灰色的，房间里似乎很久没有人居住过，地上有灰土，桌上一片凌乱，冰箱里空荡荡，只有一个打开的椰子，椰肉被挖出一些。

我把在蒙巴萨买的两个皇后蛋糕拿给克莱伦斯，问他到底发生了什么。他只是轻描淡写地说，自己和乔斯奇[①]已经两个星期没有回过家，只有萨姆和

① 作者在基贝拉做志愿者时结识的朋友，在附录《基贝拉志愿手记》中提到。

维尼[①]住在这里。他问我困不困，为我烧了热水让我洗澡。

我太累了，很快就躺在床上睡着了，然后被自己流的口水惊醒。克莱伦斯轻轻地走进来，他很尴尬地问我："你有零钱吗？我想去买点儿乌咖喱粉和牛肉回来做午餐，家里什么都没有了。"我虽然有疑惑，但还是拿了钱给他。

在蒙巴萨的时候，我用 M-Pesa（一种移动钱包服务）转过 100 美元（约 8000 先令）给他，当时他说自己的银行账户被临时冻结，身边的人都没钱，只能找我救急。借出去的钱如泼出去的水，所以每次我考虑好把钱借出去，都做好拿不回来的打算。相应地，一向不喜欢放债的我，也不愿意找别人借钱，只本分地花自己能力范围内的数目，不做强求的事——经济上开始依赖，随之丧失的就是自由。但在肯尼亚，借钱似乎是很平常的事。罗扬加拉尼的大喜曾经也平白无故地找我借过钱，说自己被贼人打劫，抢走了所有的钱，所以想让我用 M-Pesa 转几千先令给他，等他有钱时会还给我。我没有借。他有开口的随意，我也有说"不"的自由。

在肯尼亚，外国人很难不站在付出金钱的一端，总会遇见各种蹭吃蹭喝的人，睁一只眼闭一只眼也就过去了。当这种事情成为常态，在收到难得的礼物时就会特别高兴，礼物可能十分微小，可能只是一块乌咖喱、一条串珠项链或者一块裂了缝的红色石头，但世上最美丽的，也正是穷人的慷慨。

我所拥有的，丰沛的，我便分享。可以是金钱，可以是力量，可以是智慧，也可以是爱。而那些认为只有获得金钱才是获得的人，并没有与你真正交换真心，所以也无所谓失去。

---

① 作者在基贝拉做志愿者时结识的朋友，在附录《基贝拉志愿手记》中提到。

我把钱包放在桌上，开玩笑地问："克莱伦斯，你是 gold digger 吗？"这是当时在肯尼亚风行一时的流行歌曲，意思是用姿色骗钱的女人。他一下子变得十分失落，说："Trix，我不是 gold digger，请不要这样说我。"然后就离开了房间。

我又睡着了，睡得昏天黑地，直到克莱伦斯回来坐在床边，我才警觉地醒过来。他看上去很沮丧，有点酒气。"你说我是 gold digger，我很难过。你是我第一个开口借钱的人，但除了你，我也没有其他人可以说。"他说。

我让他坐过来一点儿，拥抱了他。我问："到底发生了什么？"

这是一个很长的故事。虽然三人一直生活在一起，但维尼更多是做家里的事情，克莱伦斯和乔斯奇才是把面包带回家的人。二月开始，Hot Sun（火太阳）基金背后的比利时机构无故停止了资金援助，所以乔斯奇已经有十个月没有拿过工资，一直只能靠克莱伦斯一个人在外面奔波赚钱，缴房租水电费、买食物、提供三个人上班的交通费，甚至连 Hot Sun 的办公设备维修、网络费续交、财务和助理的生活费都要他来担当，学生们也会找他要些零钱吃饭，更何况他还要资助自己的妹妹上中学，乌干达的庄园需要发工资给工人，母亲有时也会向他要钱。每一个人都在依赖他，他却没有人可以依赖。他们是他的兄弟、亲人、朋友，他无法说"不"。

"我破产了。"他遗憾地说，"所以一个月前，我和乔斯奇决定住进办公室，省下交通费，你借给我的钱我全部给了维尼，现在他在市中心参与电视台的一项拍摄，需要用钱，而且他也是我们当中最小的。"

我再次拥抱他。向我说出这些不是容易的事。肯尼亚沉重的人情纽带让人很难脱身，"均贫卡"一发，没有人能躲开。《贫民窟，基贝拉的人》这本书就是住在基贝拉的一对年轻夫妇根据实地采访写出来的，里面讲述了这样一则故事：一个苦恼的年轻人，他每每快要存够钱买一台二手电视机时，就有亲戚朋友向他借钱，所以他怎么也凑不够买电视机的钱。在肯尼亚的人情文化里，这种借钱的请求一旦提出就不能拒绝，否则便是愧对亲情、友情和“哈兰比（harambee）”的传统，因为吃独食的人最让人瞧不起。作者采访他时问他有什么心愿，他说：“还差一点点了，希望这一个月不要有人找我借钱，那么我就可以买电视机了。”

我问克莱伦斯，如果一直这样下去，他怎么能挺得住？

“只能等圣诞节后和比利时机构谈判，他们如果能继续正常发工资，我和乔斯奇两个人一起负担生活费，就能挺过这一段。”

我让他不要担心，下午我们就去接乔斯奇，晚上一家人一起吃顿饭，我来做东。但同时我也开始深深地担忧，只要 Hot Sun 基金继续依赖比利时人的资助一天，就要多看对方的脸色一天。只有找到良性的盈利模式，才能彻底摆脱对外人的依赖。肯尼亚有多少这样风风火火杀进来的非政府组织，凭一腔热情给本地社区一线希望，又在教授“捕鱼的技术”之前偃旗息鼓地撤离，让瞥见希望的人留下忍受更大的不幸？

维尼从市中心的拍摄现场回来了，见到我马上高兴地把我抱起来。他买了烤玉米当晚餐，掰成三小段分给我和克莱伦斯。克莱伦斯收拾了几件乔斯奇的衣服和一双鞋子塞进包里，我们又上路了。公车上，我留意到他只咬了几粒烤玉米，就把它塞进包的外层，我问：“你这是干吗？”他说：“我把烤玉米带给乔斯奇，他肯定一天没有吃过东西，会很高兴。”我觉得又好笑又心疼，把我的那段也交给他。

乔斯奇看到烤玉米真的很高兴，而且称赞我的那段啃得更整齐些。我们决定去吃一顿烤肉，就在我以前常去的一家店，店员见我消失一个月又回来了，而且还带来三个朋友，十分热情。要了两斤肉、乌咖喱、沙拉和啤酒，三个小伙都特别高兴。维尼说："Trix，你知道吗？你走过之后，我们三个就没有聚在一起过，今天也是我们三个人重聚。"三个人手舞足蹈，时不时还会小打小闹一下，虽然我一句都听不懂，但大概知道他们在一个一个地汇报近况，交换"新闻"。克莱伦斯悄悄地在桌子下面蹭了蹭我的腿，似乎是向我表示小感激。

乔斯奇回办公室后，我和他俩一起去纳库玛大采购一番，搬回十斤的乌咖喱粉、一桶油、成条的面包、一打鸡蛋、矿泉水、茶包和牛奶、大桶黄油和果酱……都是基本的食物，回来后维尼井井有条地把东西放好，煮好甜茶让我们睡前喝。

家的颜色暂时温暖明亮起来。

3. 内罗毕最后一天

第二天早上睡醒，电视机里在滚动播放着马他突罢工的消息，我听不懂具体在说些什么，觉得应该不是什么大事，打算趁最后一天去马赛市场买些回国的礼物。马赛市场每天在内罗毕不同的地方摆摊，周末在市政厅后面的空地，星期四则应该在城市市场，距离我们住的地方很远。

我们出门走到大街上，马上就感觉到罢工对整个城市的影响。路上几乎没有车辆，往常挤得满满的站台现在只有几个仍抱有希望的人在等候，连红马甲的售票员都见不着一个。通勤的人们浩浩荡荡地走在马路两边，这里距离市中心远得难以想象，穿着过大的西装拿着信封做公文包的男人和身材壮硕的女人都在低着头闷声不吭地走路，似乎不管是不是已经迟到，或者走到工作地点可能都该下班了，也要到达目的地。我和克莱伦斯在一家餐厅的二楼坐下喝饮料，和其他没有那么着急的人一样守着主路，等待着事态的变化。

没有马他突的内罗毕是无法想象的。这个城市的公共交通系统很不发达，有限的公共汽车只在市中心的几条主路上行驶，只有马他突可以便捷地通往任何地方。虽然它们常常违反交通规则，随意上下客，超载，会在交通拥挤时开进加油站绕路，是绝大多数交通事故的肇事者，但内罗毕人不能承受没有马他突的后果。隔壁的男人告诉我们，今天开始的马他突罢工是抗议12月1日将要开始实施的新交规。新的交通法几乎不给马他突司机活路：政府无视内罗毕路况不佳、交通拥堵严重的问题，一味严惩违规行为，凡开上人行道的司机监禁三个月，或罚款3万先令；有任何危险驾驶行为的司机要被关两年，或罚款10万先令；酒后开车关10年，罚款50万先令！而且授权所有警察都可以就地执法。

马他突司机就算拼死拼活忙到死，也禁不住一次违规的重罚，而且新规更会增大内罗毕任一警察就地滥用权力的可能性，让司机的营生更加艰难，所以我可以理解他们的罢工。

由于交通瘫痪，以往就要价昂贵的计程车现在更是贵得离谱，即使是坐摩托车，短短的路程也要好几千先令。我已经放弃去马赛市场的念头，在餐厅坐了两个小时后，仍没看到一辆在运营的马他突，只有个别的几辆马他突载着一车售票员，开着震天响的音乐游行。

没有别的办法，克莱伦斯建议我们再去一次基贝拉，他已经准备了一份礼物给我，但是还没有完工，他想去看看进度。用了平时两倍的价格搭计程车到了靠近基贝拉的地方，之后我们还要再步行半个小时。他先带我去吃他最喜欢的食物——牛肝（maini）。我在那家店门口吃过基贝拉的招牌食物烤杂碎肠（mtura），是牛身上的各种边角料和下水塞进肠衣里，烤熟后切片蘸盐吃的。其实吃起来不会觉得很奇怪，但是上腭总会残留一层渣滓，怎么刷都刷不干净。后来有人告诉我，不只是牛杂碎，什么动物的乱七八糟的肉都会塞到杂碎肠里。无论如何，敢吃杂碎肠为我赢得过有勇气的名声。

老板娘见到克莱伦斯进屋，马上笑脸相迎，给我们一人一盘红通通的炒牛肝，酱汁浓郁，和沿海地区的做法不太一样——贾尼海岸餐厅的炒牛肝极其好吃。这里的炒牛肝吃起来像滑溜溜的八爪鱼，是另一种口感。

他要给我的礼物是编了我名字的一条手环，和他们三个人手上戴的一样，这是最棒的礼物！但编手环的人说现在还没有完工，他会在明天中午我离开之前编完给我送来。克莱伦斯正和他讨论细节，门外突然闪进来一个人——是昂迪瓦[①]！我回内罗毕的消息几乎没有人知道，他见到我也吓了一跳，但马上就高兴地一把抱紧我。昂迪瓦是没有办法联络的对象，除非他主动找别人，否则别人别想找到他。我在蒙巴萨时曾经收到过他发来的短信，告诉我 Twins（昂迪瓦养的双胞胎小狗）中的一只被“贾玛（jama，某人）”毒死了，现在只剩下一只，他十分伤心。甚至还打过一个电话给我，问我沿海“那个国家”的人有没有欺负我，我过得好不好。

我见到他也高兴得不得了，仿佛有说不尽的话。他和克莱伦斯也互相问候一下，然后告诉我自己是来参加治丧委员会的。“谁死了？！”我十分惊讶。

---

① 作者在基贝拉做志愿者时一起外出采访的搭档。

他指给我看门口的一张讣告，上面是一个青年的照片，死因是神秘枪杀。

“你还记得吗？我们在路上遇见过他，他当时还说要给你表演部落舞蹈。”

我当然记得，那个男孩比我还年轻。一个月的时间，生命就这么轻易消失了?！“我来和其他几个朋友讨论几天后他的葬礼。你到时还在吗？”昂迪瓦期待地问我。我只能告诉他，明天中午的飞机，我就要回国了。

“Trix，我会希望再见到你的。你上次走前送给我的中国结和卡片我一直挂在床头，看到你的话我都会笑出来。今天早上我还在看卡片，下午就见到了你。不管怎么说，我比其他人还要多见你一次！”昂迪瓦和我最后一次拥抱告别。

“照片上的那个人，”克莱伦斯带我离开后淡淡地说，“是个暴徒。他是斗殴中被打死的。”我反驳说：“不是，他是一个舞者。我上次见到他的时候，他像个小孩子一样笑得特别开心。”他不再说什么。我却觉得心里一阵隐隐地担忧，我害怕下次见到另一张讣告上有我熟悉的脸。生命在这里十分不易，又那么轻易。

没有马他突，维尼用了两个小时从市中心走回基贝拉，我们等到他之后一起走路去看电影。这是我的最后一个晚上，我提议他俩陪我去吃炸鸡。“中国没有炸鸡吗？”他们俩问我。“中国的炸鸡没有这么香。我想，回到中国我会怀念三件事：你们、牛肝和炸鸡。”两人不约而同地放下手中的鸡，说：“你多吃一点儿，回到中国就没有了。”

4. 我会记得，在肯尼亚有一个家

肯尼亚一路走来，我也在不断观察自己。旅途背景已经换了一站又一站，我在其中又经历了什么成长呢？看得清晰的是，自己像一条变色龙一样隐匿在不同的群体后：孤儿院的孩子们中，天主教堂的修女间，原始部落的莫兰圈子里，盐碱湖畔的火烈鸟旁，基贝拉的棚户内，印巴人的饭桌旁……环境没有让我改变自己的本质，环境只是让我如变色龙一般反映着不同的颜色。自我放得越空，映照出的对象越清晰。

至今我回忆起离开内罗毕的过程，仍只有一片模糊。

路上的步行大军。令人担忧的堵车长队。克莱伦斯的拥抱。炎热的阳光。凌晨四点维尼的道别。马他突司机继续罢工。飞快盖章并说自己去过中国的海关人员。深夜三点的多哈候机楼。没有出现的手环人。90 天的到期签证。

我像一件被打包的行李，被塞进计程车又塞进机舱，毫无知觉地从世界的那一边被扔回这一边。直到窗外变成枝繁叶茂的阔叶树，再也没有巨伞一样的平顶金合欢，再也没有一口气延伸到地平线的广袤云层时，眼泪终于倾泻而出。

“要记得，你在肯尼亚有一个家，在恩贡山脚下。”外面下着小雨，一个声音说。

A diary—be volunteer in Kibera

附录

基贝拉志愿手记

初见

基贝拉——非洲最大的城市贫民窟，内罗毕一块 2.5 平方公里内容纳近百万人的巨大有机生命体。早在 19 世纪初，这片地方由英国殖民政府拨给英皇非洲步枪队的努比亚退役军人，他们用自己的语言“基贝拉”为这里命名，意思是“森林”。

身处联合国人类住区规划署的眼皮子底下，基贝拉荣登“世界上被研究得最深入的贫民窟”宝座，各种 NGO 也在这里设立据点：卡罗来纳基贝拉（Carolina for Kibera），这个由美国北卡罗来纳州学生建立的组织在基贝拉最有声望，“肯尼亚的儿子”奥巴马还是参议员时曾访问过他们的青年中心。

其他各种名称的组织也比比皆是："基贝拉贫民窟基金""永恒的园丁""基贝拉计划""基贝拉英国"等。

《是非洲》一书里对基贝拉的描述是：

"……最危险的时候是每个月第三个星期五以后，那时人们上个月赚的钱差不多用光，无业者借着酒劲，在夜里抢劫当地居民，或者强奸女孩子；16至25岁的女孩子里，有一半人曾有身孕，很多是意外怀孕或者强奸所致。"

"一旦入夜，基贝拉就开始露出它狰狞的面目。晚上九点以后，这里的居民们不敢外出，因为抢劫无处不在。不能出门，许多人在夜晚需要上厕所时便使用一种'飞行厕所'——将排泄物装进塑料袋，扔出窗外。"

2012年有整整一个月，我在基贝拉的Hot Sun电影学校做纪录片拍摄的志愿工作。

从我的住处坐十分钟马他突，在奥林匹克路口跳下，顺着唯一的主街走下去，很容易就找到了Hot Sun。没有人把刀架在我的脖子上，也没有人上来翻我的口袋，大家都在有条不紊地过自己的生活。我甚至没有身处基贝拉的异样感觉。路那么宽阔，商店那么繁荣，甚至连我想买很久的橡皮筋都很容易找到了，价格便宜得让人吃惊。

我可以在这里活下去，我心想。

讨人厌的观光客

贫民窟游览——让人汗颜的全球旅游业新利基市场。《贫民窟的百万富翁》上映之后，在印度孟买达拉维贫民窟运营徒步游的“真实”旅行社营业额提高了25%。本地的维多利亚游猎公司（Victoria Safaris）也在基贝拉开展“有组织的贫民窟游览”。徒步游的模式通常是由旅行社雇用当地人做导游，为好奇的发达地区观光客提供半日的徒步导游，带领整洁、文明、优越的他们像观看动物园里便溺的动物一般，对贫民窟居民混乱、不洁、低劣的居住环境指指点点，带回一些让人惊恐的照片，比如眼角里挤满苍蝇的孩子、躺在垃圾堆里的狗的尸体或醉汉的凶悍眼神，以供向家人和朋友吹嘘一番。

一项关于贫民窟组织游的民意调查显示，本地居民抗拒外国观光客的原因有三：一、自己的生活在观光客的目光下暴露无遗，觉得羞耻；二、观光客与居民之间没有互动，观光动机不明，居民感受到难以言说的敌意；三、观光客既不积极促进本地社区发展，又不带动刺激消费，无一是处。

我自认不是讨人厌的观光客。因为：一、我从不对当地居民虎视眈眈，更不会擅闯民宅，窥探他人隐私；二、我积极与本地居民友好互动，用我的三句半斯瓦希里礼貌用语——Jambo（你好）、Habari yako（你好吗）、Mzuri sana（我很好）、Asante（谢谢）——俘获各种店主、换拉链的裁缝、在市场里卖牛下水的屠宰铺老板娘、开马他突的司机等众多人的心；三、每顿午饭我都在基贝拉的餐馆里吃，并在炎热的下午帮衬隔壁小卖店，明知他家可乐比超市卖得还贵10先令仍坚持购买。并且，我还热情支持当地手工业及妇女自助项目——比如去本地理发店编辫子。

“肯尼亚女人在自己身上最大的花销就是头发。”有人曾经告诉我，“每个女人一个月至少都要花上千先令换个新发型。”最神奇的是一种叫作“太阳鸟”的发型，假发像豪猪一样万箭齐发，顶在头上十分出彩。

由于当地人的发型特质，纤维假发是做发型的必备品——即使像我这样的长发，也被要求提前备好三把假发发束。我把心仪的街拍照片给美发师看，她一下就明白了，就是玉米田。我的诸多担忧比如编发疼不疼，能不能睡觉，能不能洗头，洗完头怎么弄干，头皮会不会痒，可以维持多久，不想要的时候怎么拆掉都被耐心的大姐一一抚慰，答案是：玉米田一点儿都不疼，拉线才痛不欲生；可以睡觉，可以洗头，洗完可以吹干；头皮痒的话就喷一种专用头皮保护剂，也可以轻轻抓挠或者拍头止痒；通常可以维持一个月，不想要的时候自己就可以拆掉。

三个小时后，我顶着两倍大的辫子头走出美发店，只觉得脸皮紧绷，说话都有困难，对女明星打完肉毒杆菌的皮笑肉不笑有了深刻的了解。的确一点儿都不疼，只是晚上睡觉时十分不安心，只敢保持一种文静的姿势，以防辫子头被蹭成一团乱毛。到了第四天，我就已经对发痒的头皮忍无可忍，各种拍打抓挠齐齐上阵。第七天，我花了一个小时的时间把它拆掉。

如果想不掏钱就对本地社区做出贡献，理发店的老板表示，她愿意出 2000 先令买下我的一头长发。

预期

艾萨是电影学校的一个学生，家住基贝拉，有个资助他的神父哥哥。大夏天里，他戴着邋里邋遢的毛线帽，里面藏着乱糟糟的从来不洗的辫子头，鼓鼓囊囊的长线袜里藏着小包的粉末。瘦骨嶙峋的他总是一副神不守舍的样子，我怎么也想不到这个孱弱的人已经35岁了。没有人和他接近。

他趁没人时凑近我，说："Trix，中午你给我买午餐。"——祈使句。第一次我出于怜悯，请他去小餐馆吃了一次小鱼干加乌咖喱。于是之后的每个中午，他都会凑过来，不带表情地要求我给他买午餐。直到我终于受不了，问他："为什么我要给你买午餐呢?"35岁的男人，这样放下自尊，每天向我乞要一顿饭。

"因为你是穆宗古。你能飞来肯尼亚，一定有钱。"

"预期"是肯尼亚文化中最可怕的东西，另一个学生卡纳莉向我解释。曾在德国生活一年的她，每个月都被家人预期大笔大笔地汇回外币，尽管她本身也只是穷学生，寄居于当时的德国男友篱下。"预期压得你透不过气来。"她说，"他们想当然地认为，在外国的人一定有钱。"

工作一周，每天我都会在学校看到许多莫名其妙的人进进出出，一来坐上一整天，他们既不是教员，也不是学生，有时只是借用电脑查邮件，或者更新一下"脸书"（facebook）的状态，或者只是坐在太阳地里聊天，一聊就是几个小时。

"我开始也不知道他们都是来做什么的。"卡纳莉说，"后来才知道他们都是往届学生，有的因为打架斗殴、缺席课程或者不交项目作业，被除名或延期毕业。他们学艺不精，所以拿不到项目，也找不到工作，和学习电影课程之前一样，他们只是在基贝拉游荡，成为无所事事者（idler）。"

基贝拉最可怕的无所事事者是那些常年谋不到差事的人，他们蹲在空地旁，无休无止地闲聊，用廉价的私酿酒把自己灌得烂醉，可能他们的妻子就在几米开外摆着地摊卖小鱼干，孩子们光着脚在水沟边玩耍。无所事事者是基贝拉儿童性侵犯的最集中犯罪人群。

关于贫穷

志愿进入第二周，我才有机会走进真正的基贝拉。如果没有熟门熟路的人带领，在基贝拉错综复杂的巷子里很容易迷路。我这才知道，原来真正的基贝拉与奥林匹克宽阔平整的街道是两个世界。

穆德莉是首批毕业的学生之一，目前在基贝拉电视台做记者，她邀请我参与手头上的纪录片采访，主题是采集居民对在基贝拉活动的 NGO 的工作意见。我的出现——“只是为了让纪录片更国际化一些。”她开玩笑地说，“你只要简介一下自己，说说为什么来基贝拉就好。”

从政府兴建的奥林匹克小学旁的一条路一直往下走，走到乌干达铁路的轨道旁。以此为界，铁轨的那一边，才是真正的基贝拉庞大棚户区。第一眼见到它，你一定会被强烈震撼——并不是因为它的贫困或其他，而是一片茫茫的锈红色屋顶无边无际地趴在铁轨 20 米以下的凹地里，似乎在沉默如谜地呼吸。铁轨旁的泥路上“种”满各色塑料袋、破布料，它们被千人踩、万人踏后，半个身体被深深埋进土里，只露出头随风飘扬，那些新丢弃的塑料袋则静静地覆盖在最上层，等着被经年累月的脚步踩进土里。这些塑料袋一路流泻，铺满整面向下延伸的斜坡，形成了垃圾墙，背着麻布袋的男孩子们光着脚在墙体里翻找。

我随着穆德莉冲下斜坡，一阵混浊的气味慢慢包围上来，是混杂人的排泄物、腐朽的死水、动物的毛皮等各种物质的复杂气味，我虽然可以步履轻快地跳过一坨坨仍清晰可辨的粪便，踢开擦过屁股的报纸，绕过瘦得只剩肋骨的野狗，但我回避不了这种气味。这才是基贝拉，用它的方式宣告地盘。

穆德莉选定一座小桥作为拍摄地，背景就是用泥巴和牛粪糊的一片片房子，墙面裂缝清晰可见，有的用铁皮遮挡外部，有的则赤裸裸地露出木条脊骨；衣服晾在竹篱笆上，鸡在水沟里走，河里填满垃圾，小孩子们光着脚在河道里玩耍，胆大些的爬上来大喊“你好吗”“你好吗”……我觉得感官都被填满，所见之处无不刺激眼球，嗅到的是人类活动到极致时无力处理的残余，听到的是孩子们丝毫不懈怠的欢喜喊声，嘴里却是被堵在喉间的生涩。那些被本地人认为“心太软（loose heart）”的人，恐怕下一刻就要吐出来。

基贝拉就是你想象的样子，它没有更好或更糟。

摄像机已经架好，反光板把微弱的光线打在我惨白的脸上，穆德莉问，准备好了吗?

准备好了。

我是 Trix，来自中国。一个星期前我来到基贝拉，这是我第一次走进棚户区。我读过关于这里的文章，知道媒体对贫困和暴力的渲染，但我没有预期会看到怎样的场景。我的动机？像大多数观光客一样，出于好奇，也想知道以自己的能力可以做些什么。几天前我在铁轨旁走路，一个女人背上背个婴儿，头上顶着一个底已经裂开的大盆，里面的西红柿一个一个掉出来。我在后面捡起她的西红柿，告诉她盆底裂了，把蔬菜给我，我来帮她拿。她只是冷冷地说，我不需要你这样帮助我，如果你真的有心帮忙，就用钱来帮助我，给我钱让我开一个小店，让我可以不用顶着盆去卖蔬菜。我怔在那里不知应该怎么做，她把西红柿重新放进盆里，走开。我今天想起这件事，觉得她是对的，授人以鱼不如授人以渔。

你看到了暴力场面吗?

没有。我承认一些媒体为了刺激读者或观众渐渐麻木的神经，常用的手段是极力渲染极端画面。白天的基贝拉很平和，我一个人自由走动都没有问题，最大的麻烦是担心迷路。最晚我在这里待到过七点半，仍是一个人乘坐马他突返回住处，没有遇到过人身威胁。

能不能谈谈你眼中青少年的失业问题?

这不是只有基贝拉才需要面临的问题。整个基贝拉的青少年失业率为80%，这是建立在肯尼亚全国失业率普遍较高的前提下的。雇用环节存在贪污索贿也不是肯尼亚特有的困境，即使在发达国家也屡见不鲜。人口增长，适龄人群的过度膨胀与经济发展水平不匹配，或者科技的进步取消低技能工种，都会造成绝对失业。可我有一件事不明白。在上国旅行的一个月期间，我见到游牧民族在条件极其艰难的情况下，仍安分地留在自己的牧区，与动物相依相守；也见过农耕民族，他们守着一亩三分地，种玉米，种甘蔗，养些鸡鸭，也有牛羊，虽然生活水平不算很高，但至少一家人住在一起，有瓦遮头，环境也舒心怡人。虽然他们挣得不多，但开销也不大。在内罗毕，哪怕是喝口水、上个厕所都要收钱。基贝拉的大多数人口是卢奥族，传统的领地在西部省，那里是风景宜人、土地肥沃的地方。在我看来，留守家乡是比跑到大城市里打零工、在基贝拉住棚屋更好的选择，为何还有络绎不绝的人要挤进大城市过这样的日子呢?

如果你有足够的财力和权力，会为基贝拉做些什么?

等我有了足够财力和权力，或许就忘记要为基贝拉做些什么了。通往财力和权力的路径那么漫长艰难，很容易丢失原始的初衷。基贝拉最迫切需要的，可能不仅仅是更多的厕所、下水管道、电力和诊所，在免费排便、拧转即有的自来水、源源不绝派发的抗逆转录病毒药品之外，提升意识这件事或许更加重要，否则资源只会被误用或滥用。刚才一路走过来，我不知踩到多少个“飞行厕所”。虽然读过关于这种“塑料袋厕所”的描述，但前一个星期我从没有真正见到，本以为它们早已经被其他方法取代，直到走到铁轨上才知道，它们无处不在。如果你知道，今晚丢出去的排泄物明天会被自家在外玩耍的孩子踩在脚上，又被手摸进嘴里，感染大肠杆菌和其他疾病，还会若无其事地往外扔吗？正是因为住客都不把基贝拉当作家，都抱着总有一日我会离开的心态，把它当作候车室，当作城市生活第一步的起跳板，所以整体环境才越来越糟，反之威胁的又是住客本身的健康，这让我想到被自身脂肪煎熬的培根。

意识又要怎样提升呢？

我在基贝拉见到很多幼儿园、小学、教堂（天主教和新教都有），还有巨大的清真寺。表面看起来，教育和宗教都在努力地做这件事，但都走入了歧途。从教育中孩子学会竞争，学会努力占有稀缺资源，比如名额，比如学位，比如资助人；从宗教中大人学会放弃，对自身责任的放弃，一切都交给耶稣和阿拉，自己只需浑噩度日。

城市真是人类活动产生的奇怪后果。最珍贵的生存空间反而被无情牺牲，人们挤在一起呼吸浑浊空气，排出更多浑浊空气以供他人呼吸。各种报告一致预测，贫民窟是未来城市的普遍聚集模式，这样看来，人类的文明在倒退。整个宇宙在持续分裂扩大的时候，人类却在向越来越有限的生存空间压缩，人与自然的相互依存关系被割裂，这是违反进化规律的表现。

我听说最新的政府计划是，在五至十年内把基贝拉的居民全部迁徙到新的住宅区，这一片地将被彻底弃置。那么我相信，未来会有更多的人涌入内罗毕。或许更好的方法是鼓励人们留在传统地域，让分散的生活更加宜居。

在你看来，贫穷是什么？穆德莉推开一直跃跃欲试想挤上前来的孩子们，追问我。

贫穷是富裕的相对。在美国，买不起车就是穷；在中国，月收入达不到最低工资线就是穷；联合国说，每天的收入在一美元以下就是绝对的穷。桑布鲁人没有银行账户，他们需要钱的时候就卖头牛，可他们却不觉得自己穷。我也在困惑，贫穷究竟是什么？我在我的国家算穷人，因为我没有固定收入，没房没车；但我在肯尼亚总被以为是富人，因为我是坐飞机来的穆宗古。人类已经可以上月球，可以下深海，可是人类还不能消除贫穷，只可能是因为，一些人不希望贫穷被消除。有人依赖贫穷存活，有人依赖贫穷产生的战争存活，有人需要借助分化变得富裕，于是贫穷变得不可缺少。如果每个人都只取必需，不过量占有，同时在积极创造、体验乐趣，世上的资源是否仍然不够？人类之所以消除不了贫穷是因为不想。

好了。谢谢你接受采访。

异食癖

基贝拉的棚户区内也有小街，两旁也有店铺和摆摊的小贩，油锅里吱啦作响的是在煎非洲鲫鱼，炒花生米用报纸卷成一条条地卖。我被卖石头的吸引，读过《是非洲》，猜测这就是可以吃的石头——没错，就是它，卖石头的女人叫它“玛崴”。

其实，啃石头吃土似乎对人体健康不会有什么影响，两岁左右的幼儿逮着机会就会把各种泥土往嘴里抓，他们一定知道大人不了解的秘密。在西非和中非国家，怀孕的女人通过吃“石头”——其实是蒙脱石或高岭土来减轻妊娠恶心症状，解毒，获取矿物元素如铁、锰、磷、铜、镁、钾等，并为胎儿补充钙质。在罪恶的贩奴年代，非洲人民被运到美洲之后没有适合的黏土食用，女人们在怀孕期间为了满足精神上的需求，尝试各种形似的替代品，比如洗衣粉、灰烬、粉笔和涂片，这些东西当然没有黏土富含的矿物质，只会引起肠道疾病。你可以想象西方奴隶主对于语言不通的下人一脸鄙视的场景，奴隶主称他们的行为为不能自控的“异食癖（pica）”。从 20 世纪 90 年代末开始，西方科学家从巴布亚新几内亚的美冠鹦鹉着手研究，相继发表《吃土有益于健康》《为何食土癖被无情践踏》等文章，美国南部的健康食品店也开始售卖加工处理后的黏土制品。我猜，维多利亚时期的奴隶中一定也有描述白人各种古怪行径的词语，比如“叉子手”之类，只不过由于自身处于劣势地位，也就失去了文化的话语权。

这让我突然想起另一件事，是从毕淑敏的《蓝色天堂》中看来的。

现如今各种旅游手册对高棉王朝吴哥窟的发现都以法国生物学家亨利·穆奥的版本为定论，称其在寻找热带动物时，无意中在原始森林中发现吴哥遗迹，并著书《暹罗柬埔寨老挝诸王国旅行记》，把奇迹介绍给了全世界。但暹粒本地人就奇了怪了，说，我们祖祖辈辈生活在这里，谁都知道有一座大庙宇在密林中，那里有我们祖先的亡灵和我们的历史，它一直都在，怎么变成了是法国人发现的呢？为什么我们知道就不算知道，他们知道才算是知道呢？

引申到吃土的非洲人的情况，他们完全可以说："为什么我们吃土就是异食癖，就是不可自控，他们研究出来后再吃土就不是怪癖，就是健康饮食呢？"

虽然卖石头女人所说的"石头很甜"我不能苟同，但我坚决捍卫每个人吃石头的权利。十先令买了六块石头，我塞了五块给穆德莉。我自己的那小块，屡屡在准备丢到草丛里时被路人期盼的眼神阻止。奇怪的是，男人们对吃石头的行为避之唯恐不及，同行的基贝拉男性朋友连尝尝都不肯，似乎这举动极为有损男子气概。我猜这和中国男人不会抓着一把瓜子边嗑边话家常一个意思。

去死的权利

在肯尼亚如果跳楼不死，会被群殴还要坐牢六年。

电影学校的两个学生在激烈讨论最近的一次判例，法律对自杀未遂者的严惩程度又上了一个新的台阶。法官的理由是，如果你真心要死，请把它作为一个私人行为完整无误地完成，不要在公开场合滋扰民众，扰乱社会治安；而民众们认为，我们都这么辛辛苦苦挣扎活着，任劳任怨，谁没有遭过罪，你又凭什么去死？还要浪费人力和资源来救你，这是违反上帝的旨意。

这真是我听到的最励志的法律了。在查阅肯尼亚刑法典后，我确信了自杀未遂的犯罪性质——第 226 条以一句话阐明：“任何自杀未遂的人都犯有行为不端之罪。”世界上对公民素质有高标准严要求的国家还包括新加坡，“自杀未遂坐牢一年”；印度刑法典第 309 条也列明，“任何自杀未遂或犯下类似过错的人，会被判处长至一年的监禁，或罚款，或二者兼有”。

根据世界卫生组织发布的一份报告，韩国是世界上自杀率最高的国家，每 10 万人中有 31.7 人自杀，印度和新加坡分列第 43 和 44 位，每 10 万人中约有 10 人自杀，肯尼亚不在榜单的前 107 个国家中。

一个人对自己生命的掌控权究竟有多少？古老的年代，肯尼亚土著可以仅凭决心去死的意志就让灵魂离开躯壳，他们大叫一声“我死了”，就死了。他们想走就走，没有外力可以阻挡他们。

肯式食物

我不知道肯尼亚有没有国果，但如果让我来评选，牛油果当之无愧。

在伊西奥洛的保罗那里第一次尝到牛油果——不要说我是土包子，虽然中国被列为世界第九大牛油果出产地，每年的产量有 85000 吨，但我就是没在任何超市见过。那么多牛油果究竟都去哪儿了？是做成洗面奶了吗？还是被卖到日本料理店和软壳蟹一起卷进寿司消失了？总之，第一次正儿八经吃到完完整整的牛油果时，我恨不得一口吐到保罗的手上。这种黏糊糊、软塌塌的东西寡淡无味，还有肥肉的口感，怎么能吃！保罗安慰我说，撒些盐上去会好吃很多。

在我回到内罗毕之后，发现牛油果在肯尼亚的日常生活中随处可见。基贝拉卖 10 先令一个，食量小的人一顿饭吃个牛油果就饱了；吃烤肉时配菜里也有牛油果，和番茄、黄瓜、洋葱、辣椒拌在一起叫作蔬菜沙拉；水果摊还会当场做水果沙拉，80 先令一大碗，红、白、黄、橙、绿五色俱全——西瓜、香蕉、菠萝、木瓜和牛油果，坐在路边捧着碗就吃。

肯尼亚的代表性食物都有一个特点：顶饿。牛油果、烤玉米、烤肉、乌咖喱，无一例外，都是吃一顿顶半天的食物。尤其是乌咖喱，一路都有人一边赞赏我作为穆宗古能入乡随俗吃当地主食，一边善意地提醒我，用不了多久你就会变得和我们的女人一样壮。

三个月后我从食物不足、大部分人仍需要国际粮食援助的肯尼亚回国，重了五斤，肯式食物功不可没。

“哈兰比”

某个本地人告诉过我，肯尼亚的国旗是世界上最美丽的国旗。“最美丽”这样主观的评价，只能是见仁见智。但肯尼亚国旗确实很酷：黑、红、绿三色以白条相间，中间是一块马赛人的盾牌和一对交叉的长矛。黑色代表着黑皮肤的肯尼亚人，红色代表他们的自由是用血换来的（听起来并不陌生），绿色则代表农业和大自然，白色是独立后加上去的，代表统一与和平。

国旗的前身是盾章，肯尼亚盾章的核心是两头手持长矛的肯尼亚狮，捍卫着四色的自由之盾，盾中间是一只握斧头正步走的大公鸡。之所以选择大公鸡，据说是因为大公鸡是世界上为数不多的不向后退的动物——动物学家们可以大胆跳出来质疑——另外，全世界公认大公鸡的职责是报晓司晨，所以这只特别的公鸡象征着肯尼亚一心向前，努力工作，坚持不懈，迎接新的一天的美好愿望。盾章上很敷衍的背景是肯尼亚山——非洲第二高山，第一高山是正在融化的乞力马扎罗山；底部略显幼稚的小花小草则分别是肯尼亚的主要农作物：玉米、除虫菊、剑麻、菠萝、咖啡和茶。

我说了这么多其实只是想引出盾章上的单词：harambee（哈兰比）。

“哈兰比”是斯瓦希里语中“团结一致，齐心协力”的意思，在1963年肯尼亚独立时，被第一任总统乔莫·肯雅塔定为国家格言。如果你认为“哈兰比”和我们的“为人民服务”一样空泛而缥缈，只在军训时被领导慰问“同志们辛苦了”时作为唯一的标准答案，那么你就和我一样错了。“哈兰比”渗透进每一个肯尼亚人的血液里，他们无论走到哪里，走得多远，都永远记得这句话。

这是维尼、乔斯奇和克莱伦斯的故事。他们三个都是Hot Sun的历届毕业生，分别是21岁、27岁和23岁，现在都在担任教员职务。

“一年前，我们租下了恩贡山脚下的一套房子。”维尼告诉我，“家里的每一件电器，都是我们三个住在一起之后攒钱买下的。”

维尼的父母都已不在人世，七年前，他随着阿姨一家来到内罗毕，在基贝拉落脚。四个兄弟姐妹现在仍住在尼安萨省，和他祖父的兄弟的妻子住在一起。“我读完高中后做过搬运工，每天要在建筑工地待八九个小时。”维尼看上去很瘦小，比我还要矮一点儿，我之前根本不相信他的肩膀可以担担抬抬。

“我是第五届学生，擅长写剧本。两个月前的贫民窟剧本创作比赛就是我发起的，现在肯尼亚电影委员会要我交一份报告准备演讲。我想，我们三个的组合，是他俩选择了我，也是我选择了他们。

“乔斯奇是第一届学生，他毕业之后被学校留下做 Hot Sun 基金的负责工作，因为他的沟通能力很强，也有社会关系网。做电影这一行，不仅仅是看你是谁，还要看你认识谁。他最近刚和一个德国导演完成一部短片，他会成为一名优秀的制作人。”

我在他们家里见过那部短片的海报，乔斯奇的名字被印在联合制作人一栏，旁边还有一张韩国混血男星丹尼尔 · 海尼在 Hot Sun 与维尼合影的宝丽来照片。

“克莱伦斯是第二届最好的学生，是最优秀的摄影师和剪辑师。你应该还没有见过他吧？他这段时间一直都在全国各地到处跑，我们找到的所有项目都交给他来执行，所以他几乎不沾家。他很安静，几乎没什么话，但是工作起来就像个疯子一样，可以在剪辑室里一坐就是几天，不吃不喝，甚至连觉都不睡。基贝拉电视台也是他在负责，拍一些纪录短片放在公开网站上，会有媒体找我们买资料。最近，他的一部环保纪录片被某电影节提名最佳剪辑奖。”

我其实见过克莱伦斯一面，他有一次在 Hot Sun 匆匆闪过，我记得这个颧骨上有块擦伤的男生。当时我随口问是怎么回事，他笑了笑，露出缺了一颗后牙的俊朗笑容。他手上戴着黑黄绿底色的串珠手环，上面用白色字母拼着他的名字，同样的名字手环乔斯奇和维尼也各有一条。

“我们三个都是家里的顶梁柱。我是家中的长子。乔斯奇虽然是次子，但是要担负家里的责任。克莱伦斯是独子，但是他有三个同母异父的妹妹，不仅要负担她们的高中学费，还要照顾妈妈。他就是妈妈唯一可以依靠的男人。

“每个月我们的房租是 8000 先令，加上水电、交通和伙食，三个人的开销在 2 万先令左右。只有每个人都拼命工作，才能收支平衡。我们的银行账户都是一起用的，我知道他们每个人现在有多少钱，他们也知道我的。我的家务更多一些，每天给他们两个做饭，我喜欢在厨房做好吃的东西；还会给他们擦鞋子，我们三个人有接近 50 双鞋。在家的时候，克莱伦斯负责打扫卫生，乔斯奇会在周末洗衣服。

“我们一定会越来越好的。你看到，我们现在有一个制作人、一个摄影师和剪辑师、一个编剧。独立制片公司最核心的三个人我们都已经有了，另外有四个朋友会和我们一起，负责音效、灯光之类的工作。独立制片公司是每个电影人的梦想，但前提是你要有自己的设备：摄像机，灯光设备，音响设备，专业的剪辑软件。在肯尼亚，这些设备都是租不如买，因为几次租用的价格就超过一次购买的成本，而且购买后还可以租给别人。我们正在为这个梦想努力。

“我自己？我要把我的弟弟妹妹都接过来，要买一栋大房子，所有人都可以住在一起。是的，总有一天我们三个人会分开。但至少最近的这几年，我们一定会在一起。分别的时刻会在合适的时候来到。”

私刑

第二周的星期四，基贝拉爆发了一场示威游行，当时我们正在吃午餐，忽然被一波波异常的吆喝声惊扰，外面的街道上满是头戴树叶挥着枝条的女人，她们发出刺耳的尖叫声，后面跟着的是孔武有力的男人，一边敲鼓一边用扩音喇叭大喊。我们低头继续吃饭。等我们回到街道上，发现所有的摊档都收了，没有一家店铺在营业。远处奥林匹克天主教堂门前的十字路上黑烟滚滚，几只橡胶轮胎正被堆成一堆焚烧。

起因是一个小偷。上午有人在市场抓到小偷，准备用私刑处理，轮胎都被拖来了，警察及时赶到现场把小偷从愤怒的人群中拖走，现在小偷躲在警察局里。民众们的石块络绎不绝地砸在警局的窗户上，要求把小偷交还给他们。

私刑，我对这个词并不陌生。摩托车司机加百利给我讲过卡卡梅加一次耸人听闻的私刑，就发生在 2006 年。蓝肩旅馆所在的村子和北部的一个村庄本来一直相安无事，但是那一年莫名其妙发生很多起偷牛案件。时间总是夜里，每天清晨都有村户大呼丢了牛。开始是一两头地丢，然后十几头二十头地丢。辛辛苦苦养大的牛被人偷走，村民都恨得咬牙切齿。虽然报了案，但警察根本和小偷是蛇鼠一窝。村民没有办法，只能组织自治联防队，晚上连夜蹲守抓贼。终于在一个晚上，他们等到那个团伙，就是北村的一帮人。“他们抓住一个胖子，可能因为他跑得最慢。”说到这里，加百利停顿了一下，似乎是在回避什么痛苦的内容，“然后当晚他们就把那个胖子肢解了，尸体残片被扔在北边那个村子的村口。从此再也没有人来偷过牛，也没有警察来过问这件事。”

“无论是多么小的偷窃，即使只有几十先令，小偷被民众抓到之后都会被套上轮胎烧死。有时候你都不知道那些轮胎都是从哪里来的，总是有人滚着轮胎就过来了。所以如果警察能及时赶到，对小偷来说是最幸运的事情。”加百利当时对我说。

2013 年伊始就有数起私刑事件：

1 月 2 日，基贝拉的卡兰加区几个青少年被民众抓住，被怀疑与最近的几起街头抢劫案有关，其中两名 20 岁出头的男孩当场被投石致死；另一名男孩是七年级学生，送医院后也已死亡。

1 月 4 日，一个名叫约瑟夫的男人在梅鲁的北伊曼提被民众杀死，死法不明，罪名是：偷了一只鸡。

1 月 6 日，一个名叫乔瑟夫的男人在东部省的首府恩布被民众打死，尸体之后被焚烧，罪名是：偷了一个收音机。

因为不相信警察，也不相信司法系统，所以民众自己成立治安自卫委员会，成本只是一些石块、两个旧轮胎和一点儿煤油。因为太多人失业，太多人有愤怒，许多人的情绪一点即燃，随时准备着烧死另一个同类来泄愤。这也造成一些社会边缘者，比如同性恋和残疾人，尽量不声张自己的权益，以免引来大众的注意，激起无名公愤。

民众用私刑处理嫌疑人在肯尼亚时有发生，媒体都已经懒得报道，因为“法不责众”。

M-Pesa

早上我在吃早餐，旅馆的女佣玛芮面有难色地坐在我的身边，她不好意思地问我，能不能从我的狩猎通信（Safaricom）手机话费里转 10 先令给她，我为终于可以使用这项杰出的电子转账服务兴奋不已。

在肯尼亚，无处不在的除了马他突，就是白底绿字的 M-Pesa 招牌，即使在北部没有马他突的地方，M-Pesa 招牌也坚挺地出现在湖边，出现在沙漠里，出现在图尔卡纳人的草棚旁。第一次知道这种东西是因为大喜，他总是去 M-Pesa 店铺里取钱。罗扬加拉尼没有银行，M-Pesa 就是他的提款机。他告诉我，肯尼亚任何一个使用狩猎通信的用户都可以用几乎可以忽略不计的手续费在任何一个 M-Pesa 代理点存入任意数量的钱（最少 100 先令），零时差到账，然后在肯尼亚任何其他地方把这笔钱拿出来，或者把钱转给另一个 M-Pesa 用户。一个人的 M-Pesa 账户里最多可以放 10 万先令（相当于人民币 1.8 万元左右），钱更多的人或许应该有能力开个银行账户了。但对于绝大多数没有银行账户的肯尼亚人来说，这项服务极其方便、快捷、便宜，而且没有他们最为顾虑的贪污环节渗入其中。

我虽有耳闻，却一直没有和 M-Pesa 打过交道，直到 9 月 30 日，我在马里戈特收到狩猎通信发来的最后通牒，警告我必须马上带着护照去 M-Pesa 代理点登记个人信息，否则我的手机网络就会停止。于是我在填妥一张冗长的表格后，终于拿到一个类似于非洲某国家名称的个人识别码，成为一个正式的 M-Pesa 人。

玛芮所说的 10 先令话费转账，是 M-Pesa 最初设置的功能，即狩猎通信用户之间可以零手续费互转话费，我作为科技操作恐惧人第一次使用这种神奇的东西，在 M-Pesa 界面中摸索了半天，终于成功地转账 20 先令给玛芮，她十分高兴。

东非最会赚钱的公司狩猎通信精明地把专营店设在机场出口最明显的位置，让下了飞机的旅客第一时间被笼络，成为它千万用户群体中的又一个零头。它在 2007 年推出 M-Pesa 平台，现在是发展中国家最成功的手机支付系统，也领先许多发达国家。截至 2011 年年末，肯尼亚的人口是 4300 万，M-Pesa 的注册用户就有 1700 万，九成的人知道 M-Pesa，八成的人使用过 M-Pesa。2012 年 9 月 30 日的强制注册后，相信它的注册用户数字又有了大幅提升。在它 2008 年拥有 200 万用户的时候，一天的转账金额是 1 亿先令，现在有 1700 万用户交叉转账，这个数字应该呈几何倍数增长了。狩猎通信把这项业务也开展到了坦桑尼亚，并且在那里发展了 900 万用户，正在推广的地区还包括南非、印度和埃及。做国际推广的好处就是，在外工作的肯尼亚人可以通过 M-Pesa 更方便地把钱汇回偏远地区的家里，并且基于与西联汇款的合作，费用比传统方式便宜 60% 以上。除了最常见的汇款，任何有钱出现的场合几乎都有 M-Pesa 的身影，你可以用它来借债或还钱、付房屋水电费、缴学费、给小孩零花钱、在酒吧里喝酒、订比萨和买炸鸡、凑婚礼的份子钱和捐赠“哈兰比”的社区基金，对我来说，最重要的是，它可以避免无谓的见面。

比如三天前，我在一个朋友家里掉了 1000 先令，虽然他数次约我见面还钱，但有了 M-Pesa 后，一切变得更简单。他只需轻轻一点，钱就立刻到了我的名下，随之而来的还有他的身份证号码、姓名、手机号码、汇款日期、汇款时间和我的最新余额。科技时代，何须亲自奔走？有 M-Pesa 万事无忧。

选举与人性

到了肯尼亚后你发现，政治已经取代了牛，成为这个国家最受欢迎的话题。电视节目里除了神秘兮兮的美国人在告诉你主又怎么彰显神迹外，播放最多的就是各个级别候选人的竞选活动，他们在辩论节目中或语重心长或声泪俱下或手舞足蹈或撕心裂肺地发表见解，看这种节目对于一个听不懂斯瓦希里语的外国人来说是十分有趣的活动，虽然他们在节目开始都一本正经地说英语，但随着攻击的猛烈度增加，就变成斯瓦希里语的嘶吼竞赛，似乎谁的声音大谁就胜券在握。更神奇的是，几乎每个平头百姓都能对政治格局发表一点儿意见，从图尔卡纳青年到基贝拉的商户，没有人不知道自己选区的国会议员是谁，这位议员现在又在面临对手怎样的竞选压力，对于回国后才知道本国主席已换人的我来说，肯尼亚人民的政治觉悟实在很高。

我在基贝拉期间，常常听到人们提起 2013 年 3 月即将到来的总统选举，总有人哀叹一声——希望不要像上次那样。

上一次，也就是 2007 年，到底发生了什么?

那是一场巨大的政治、经济以及人道主义危机，差点让肯尼亚变成又一个无政府主义的“失败国家”。请容我简述那次危机：

一个 76 岁的、经历过两次中风的老人齐贝吉先生，说好只当一任总统就下台，但是五年任期之后又想留任，于是和他当年的一个副手——62 岁的后生、人称“阿广伯”的奥廷加——同台竞争 2007 年的总统位置。所有的民意调查都显示阿广伯比齐大爷要受欢迎，即使在最后一天 12 月 29 日，阿广伯的票数仍然遥遥领先于齐大爷。但是 12 月 30 日唱票前，选举委员会驱散了所有的公众媒体，在一间小房间里悄悄公布齐大爷比阿广伯多了 23 万 2 千票，齐大爷连任总统。齐大爷当天晚上立刻以迅雷不及掩耳之势宣誓就职。

于是支持阿广伯的人不答应了，暴动发生。阿广伯是卢奥族出身，他几乎团结了基库尤人以外的所有力量，比如卡伦金、卢希亚和沿海地区的穆斯林。因此，所有没有老老实实待在中部省这样传统根据地的基库尤人，都遭到了围追捕杀。基贝拉作为阿广伯所属的选区，暴动十分严重。

阿广伯坚持，齐大爷必须下台，因为他操纵选举，数票舞弊，给自己加了 30 万张票。选举委员会的主席也跳出来说，我是被逼的，我也不知道到底谁赢了。两方僵持不下，阿广伯说，你不下台我就闹。齐大爷说，你闹，你闹我就把你关到监狱里。阿广伯说，关就关，我又不是没有被关过（阿广伯在第二任总统莫伊在位期间被囚禁过好几次）。后来闹大了，美国人来了，非盟主席来了，最后安南也来了。在安南的斡旋下，两人达成协议，同意权力共享，建立联合政府，给阿广伯创造一个总理的职位，让他可以监督政府，并且国会席位一人一半。

暴动一共持续了两个月零一天，800 到 1500 人死亡，约 25 万人流离失所。双方都指责对方进行“种族屠杀”或“种族清洗”。

我在 Hot Sun 完成的影片《凝聚至上》里看到了真实的记录资料：人们举着砍刀在街上盲目地乱走，地上尸横遍野，房屋被烧毁，留下片片废墟……只是五年前的事情。

我问学生，他们怎么知道谁是不是基库尤人呢?

“很简单，一排人背对着暴徒站好，暴徒开始说卢奥族或者卡伦金族的语言，听不懂的人就是基库尤人，就被砍死。”

于是你很不合时宜地想到那句“学好一门外语很重要”。其实谁不知道呢，街坊邻里之间相处多年，对谁都知根知底，但是一夜之间就要砍刀相向，是人性无法理解的。不知道有多少人一瞬间把人性丢在脑后，在集体无意识中被兽性统治，向朝夕相处的邻居砍去。

我清楚地记得另一件事，那时“9·11”事件刚过去不久，我还在读高中。一次的作文是让我们就这一事件做评论，一些人说，美国人到处管三管四，在中东指手画脚，遭到报复是活该，那些人死有余辜；另一些人说，美国人应该不忘雪耻，让阿富汗人知道美国人的厉害，让他们付出更大的代价（美国也正是这么做的）。只有一篇文章与众不同，文章说，人性是相同的，死去的人不只是美国人，首先他们是和我们一样的人类；阿富汗人也不是和美国对立的人，他们和美国人一样，也是人类。

全人类有不同的外形，但是拥有同一个灵魂。

十几年的时间，我不能说自己有了长足的进步，但是全人类又在进化过程中进步了多少？人类总觉得自己是全宇宙中有特权的一环，是进化链的终端，恐龙、剑齿虎、渡渡鸟什么的灭绝都是应该的，因为它们不符合进化的自然规律。但为什么人类就这么有把握自己就是终点呢？

从猴子进化成人类用了九百万年，但从人性掉回兽性只要一瞬间。虽然我们总把“全人类”挂在嘴边，但涉及具体的利益时，没有哪个国家、哪个民族、哪种信仰肯让步一丁点儿。只要看一看有多少块岛屿有争议，多少片海域有争端，又有多少条国界线用虚线标记——奇怪的是，地球上本是没有国界线的；只要看一看，有多少讨伐以“正义”为名，有多少人因为被另一群人称为“异教徒”而被消灭，又有多少个民族不止一次被血洗，就会发现：

只要一点点压力，一些人就会暴露还没有完全脱落的尾巴。

如果没有了国家的划分、民族的隔阂、宗教的藩篱，人类的生活会不会变得一团糟？无从知晓。但有一个有趣的事实：美国和加拿大之间共享八千多公里的国界线，完全不设防。

颜色

深黑色、深蓝色、棕色、巧克力色这几种我看起来几乎无异的肤色在我的基贝拉朋友眼中泾渭分明。一次一个外来访客来找乔斯奇，我去通报时他在楼上的办公室正忙，他问：“他是什么颜色的？是黑色还是棕色？”我被问得莫名其妙。他又提示我：“是像我这样的巧克力色还是像昂迪瓦那样的深黑色？”我摇摇头，真的分不出来，在我看来他们是一样颜色的，但显然不是。又有一次，朋友指着路上的一个人说：“瞧，那人是深蓝色的。”我大吃一惊，急切地想看看“蓝皮人”，结果就是一个普通的男人。但她说：“不是的，你仔细看看，他的肤色从深处透出蓝色。”天哪！到底是我眼睛有问题还是他们异常敏感？

我在一本日本人写的《向老天借胆的旅程——世界贫民窟绝对体验》中读到过，即使是在非洲的色情行业，对于肤色的等级划分都十分严格：身材娇小浅色皮肤的女人要价最高（巧克力色为佳），其次是身材魁梧兼浅色皮肤，再次是身材娇小兼深色皮肤，最次是身材魁梧又是深色皮肤的女人。最神奇的是，在我们的眼中，生父是肯尼亚卢奥族裔的奥巴马是美国第一位黑人总统，但在杂志上我读到的见解是，奥巴马不是一位单纯的“黑人总统”，而是一位“浅色皮肤”的非裔美籍总统。

苏丹人被认为是最黑的，不止一个肯尼亚人向我表示过对苏丹人肤色的见解，认为他们明明很黑，还喜欢把自己弄得花枝招展，涂脂抹粉。肯尼亚的大多数人是棕色的，一些人称自己是浅些的巧克力色。马赛人以黑皮肤为美，认为浅色皮肤是受到了“恶魔的诅咒”，有白化病的小孩则是直接丢掉喂鹰。尼日利亚人则全民热衷漂白（八成女人长期使用皮肤漂白产品），作为非洲电影工业最发达的地区，大银幕和小荧幕上的明星几乎没有“本色”出演的。其余“尚白”的非洲国家还包括南非、塞内加尔和马里。

且不说近几年才兴起的“日晒色”——那些人根本不见太阳，在机器里躺上几个小时，就制造出全身的小麦色——媒体潜移默化中灌输给大众的还是：白 = 富 = 美。非裔美籍明星其实在日渐变白，拿出瑞哈娜几年前的照片就能看出差异；本身已是浅棕色皮肤的碧昂斯为欧莱雅做代言人时仍要经过后期修色，把她的皮肤调得更亮白些；像迈克尔 · 杰克逊（愿他安息）那样全身换肤的极端例子虽然少见，但也让你不得不思考：变白真的这么重要吗？与亚洲地区偏爱的美白产品不同，非洲地区的许多漂白产品对身体有致命伤害，包括损害肾脏、破坏神经系统、皮疹、皮肤留疤以及对细菌和真菌感染的免疫力降低。但是显然，付出的成本比起得到的收益是可以接受的，不然全球的皮肤漂白市场不会有 100 亿美元这么庞大。

你突然很惊恐地想到，会不会全世界的人都被偷偷洗脑了，觉得只有白皮肤的“高加索”特征才是最高贵、最聪明、最美丽的呢？这是什么时候发生的事情？不然为什么世界各地的人，无论是黑皮肤的、棕皮肤的、巧克力皮肤的，还是红皮肤的、黄皮肤的，都认为白一点儿更好呢？什么时候开始，我们都不能接受一个原色的自己了？

好在还有像昂迪瓦这样的深黑色小伙，一脸不屑地看着我没抹匀的防晒霜说："Trix，我可从来不需要把钱花在这种东西上，这是你们穆宗古干的事情。"

STARA

Hot Sun 派我和昂迪瓦一同去基贝拉北部的 STARA 小学拍摄纪录片时，没有提到那三个字母：VVU（Virusi Vya Ukimwi）——斯瓦希里语中的 HIV。

STARA 营救中心暨学校是一家私立机构，stara 在阿拉伯语中是"和平"的意思。采访时校长告诉我们，这所学校最早是艾滋病病人的互助组织。被确诊为艾滋病病毒阳性的父母把小孩放在这里，自己则担任学校的护工。全校一共有 520 名学生，从 3 岁的托儿班到 18 岁的八年级一应俱全，现在学生中 70% 是孤儿，其他学生也是由艾滋病病毒呈阳性的监护人照顾，依靠学校分发的抗逆转录病毒药物生存，今年已经有 4 个监护人去世。学校给 400 个学生做过检测，其中有 48 个艾滋病病毒呈阳性，但出于保护的目的，没有向其他学生公开，担心歧视。学校在承担教育任务之前，更重要的是对艾滋病受害儿童的救助，让他们有一处安身之地。

我们的拍摄任务是找到一个名叫露西的女孩，为她制作一条宣传短片争取瑞士资助人。

16 岁的露西在读七年级，相当于我们的初一，上学的年龄偏晚，这在基贝拉的女孩中很常见。她读到三年级时辍学，在一户人家里做了两年的女佣，重新回到学校后跳级读五年级。

“我的父母都死了，是跟着姨妈过的。姨妈是艾滋病病毒阳性，她有 14 个小孩，所以我要照顾很多弟弟妹妹。姨妈说让我去做女佣贴补家用，我就去打工。但是所有的钱我一分都没有拿到，都被姨妈直接拿走。后来校长知道了我的事情，去我家和姨妈谈了好几次，姨妈才继续让我上学。”露西的语调很平静，眼睛却不时闪烁，朝下看着互相磨蹭的脚尖。

校长告诉我们：“露西的姨妈身体状况很不好，一直依靠我们的抗逆转录病毒药物存活。她自己没有工作，14 个小孩中最大的已经和露西年龄差不多，小的还要抱在怀里。几平米的房子，所有人都睡在一起，不同的男人会搬来和他们一起住。你可以想象露西成长的环境。姨妈并没有把露西视同己出，两个大些的儿子还会打露西。姨妈经常把露西赶出家门，告诉她不带回食物和水就不要回来。

“露西能有什么办法赚钱？她去帮工做女佣的时候，姨妈直接从雇主那里拿她的工钱，她自己一分钱都拿不到。我把她带回来之后，露西告诉我，有时深夜里姨妈也会把她赶出来。基贝拉的晚上有多危险，一个女孩在街上碰到的最坏情况又会有多糟！有时她突然不来上学，我去街上找她，发现她就站在路边等。你知道她在等什么？她如果不能把食物带回家，只能拿自己的身体来换钱。

“如果她一直在那个环境里待下去，用不了多久她就会怀孕。可能是姨妈带回来的陌生男人，也可能是她为了乞讨食物站街时碰到的男人。这是基贝拉女孩真实面对的问题。所以现在我把她接到我家，不让她再回姨妈的那个家。

“让我说的话，基贝拉的女孩面对的挑战比男孩更大。我们从 2007 年开始设立了专门针对女孩的康复咨询项目，对她们的一些心理问题进行指导，包括告诉她们怎么在性行为中自我保护。这些高年级的女孩其实很多都已经进入青春期，她们之中已经有人有这方面的困扰。我们给买不起卫生巾的女孩提供卫生用品，有时她们会因为只能用棉布而不敢来上学。我们做的事情是，尽量降低这些还在上学的女孩早婚早孕或者感染艾滋病病毒的可能性。

“但露西没有感染艾滋病病毒，我们已经为她验过好几次。但姨妈不知出于什么原因，一直坚持说露西是艾滋病感染者，因为她有一些症状，比如咳嗽总是不好，也会发热。但她确实没有感染。

“我们这里有一个男孩是病毒感染者，已经有固定资助人，现在他在读中学二年级。一年 100 美元，这些孩子就能继续读中学。100 美元在不同人眼里的价值完全不一样。如果孩子看不到继续上学的希望，我们建立这个学校又有什么用呢?

“学校面临的挑战很多，最大的挑战是食物。世界粮食计划署曾经赞助我们一些食物，给这些学生提供上课日的午饭，这是很多孩子一天当中唯一能吃到的一顿饭。但是周末怎么办呢？于是我们又加设周六的一餐，让他们周末也可以来学校吃饭。但是你也看到，每天他们能吃到的就是玉米，没有改变，这不可避免地会带来营养不良的问题。两年前我们开始了一个沼气生态项目，在离学校一公里处修建一座私有的公厕，收取的费用拿来补助学校，那块地则拿来种菜和水果，大多是甘蓝、香蕉和菠菜，收获以后就可以供应学生周末和节假日的食物。

“我们缺的东西还包括食堂，现在学生都蹲在地上吃午餐。需要课桌椅、学校的外墙、文具、女生的卫生用品……还希望有一个职业训练中心，可以培训那些不能继续上中学的学生。当然，我们也欢迎更多的志愿者来加入我们，和我们一同做家访，了解学生的背景，还要带新来的学生去医院做检查。经费计划书这一块，志愿者也可以帮助我们。

“你可以帮我把这些信息带回中国吗？”

TOMS 布鞋

在 STARA 学校的学生脚上，相同的是似乎从没脱下过的已经没了松紧带的棕黄色长袜，不同的是各自不合脚的黑色鞋子：大头黑皮鞋，看不出颜色的系带布鞋，高筒胶鞋……但你不难发现，大部分学生穿的是 TOMS。

你对这个牌子并不陌生，因为淘宝价 38.8 元就能买到一双中国制造的 TOMS 帆布鞋，收到的包装上写着：一对一（One for One）。来肯尼亚之前，我买了这么一双鲜黄色的阿根廷农民鞋，十分轻便好穿，只是上国之行结束后已经糟蹋得不成样子，连脚指头都拱出来。它被留在卡卡梅加。

TOMS 的承诺是：你每买一双鞋，就有一双新鞋免费送给发展中国家的儿童。你从来没有相信过这个承诺，认为它不过是商业广告的一个噱头，谁知道它的那些鞋子都送到哪里去了。

可是它们真的被送来了肯尼亚。

TOMS 不是一个叫汤姆的大叔开的卖鞋公司，它是“tomorrow（明天）”的缩写，来源是最初的概念——“shoes for tomorrow（明日之鞋）”。2006 年，一个叫麦考斯奇的 30 岁的美国人在阿根廷度假，其间在布宜诺斯艾利斯的郊区做了一天的志愿者，负责把一双双二手鞋交到当地农村满地乱跑的光脚孩子手上。就在那时他有了一个顿悟：为什么不开一家公司，持续地把新鞋送给有需要的孩子呢？同年他就创建了TOMS（真是一个雷厉风行的年轻人），并把手头上经营的在线驾驶培训公司卖掉，把50万美元（可能还包括上一个全纪录片的有线电视网和上上个户外广告牌公司赚到的利润）全部用于TOMS的投资。可能也正是因为没有外部债权人和股东的指手画脚，麦考斯奇才能放手经营一家以营利为目的的公司并同时做着不以营利为目的的事情。2006年，第一批免费鞋子送到阿根廷，共有1万双；2007年11月，南非收到5万双鞋；2009年4月，TOMS在阿根廷、埃塞俄比亚、南非和美国一共派发14万双鞋；2012年，全世界40个国家一共派发了100万双鞋。自TOMS成立至今，已经有200万双鞋送到没有鞋的儿童手上。

麦考斯奇说，他开始对于国家的选择是根据土壤对人的威胁度来衡量的，比如埃塞俄比亚的土壤由于含硅量很大，会破坏光脚走路的妇女和儿童的淋巴系统，引起一种叫作“象皮病”的病症。我想起伊西奥洛被沙蚤啃食的两姐妹。

我问学生们多久能拿到一双新鞋子，他们说没有确切时间，但是一年会有两双，穿坏了可以跟老师说，领一双新鞋。TOMS布鞋使用可回收的材料制成，一双正品的价格在400元人民币左右，38.8元的淘宝店想必不会兑现“一对一”的承诺。

就目前来看，TOMS在做一件“三赢”的事情——公司、受助者和购买者，如果有一天世界上不再有儿童需要TOMS的免费布鞋，它的使命也就完成。

30 天基贝拉生活小感

我对自己的定义已经十分模糊，不是一个寻找身份认同、有着强烈乡愁的旅行者，也不是一个有着较白肤色、有丰厚家财、在非洲逃避管束和享受自由的富二代。朋友都把我当作自己群体的一分子，却不知道我已经渐渐地把肯尼亚融为身份的一部分。我只身走过大多数连本地人都没有走过的肯尼亚土地，接受过素昧平生的人为我提供的荫庇，喝着阿依达的储桶大罐里过滤又煮开的水，嚼着罗纳德前女友们端来的热腾腾的乌咖喱，赤着脚和马丁一起疏通积了落叶的下水道，为迈克尔的旧外套跑遍整个基贝拉找一条拉链。因为付出过，所以无法再将对方贬低到尘埃里去。我只能把它的好坏都一并吞下，即使尝到其中的苦涩，也视之为甜味必不可少的部分。

或许，让我“文明世界”的朋友们厌恶或向往的都是“黑暗大陆”仍存有的兽性。但兽性没有错，兽性狂野而原始，人不过是由兽性向更高层过渡的阶梯。我们在动物的眼中看到平静与当下，却不知它们因为意识的禁锢，而无法有更大的自由。但仍保有兽性的人是可贵的，他们直接而敏锐，残忍但适度，他们遵从自然的法则，与周围的一切保持统一的步调，比拥有所谓“孤岛般”人性的人要可爱得多。他们至少还没有走错方向，至少还有丰富的可能性。

凯伦在《走出非洲》里说，她与当地人之间的关系介乎无力与痛心之间。她似乎可以用任何方式对待当地人，而不用担心伤害他们的情感。他们不会因为她做了很多而心怀感激，也不会因为她无所作为而对她持有恶意。他们不评判她，也不会对她失望，只当她是一阵风，或一种气候，坦然接受她的全部。如果他们爱她，那定会像爱上帝一般地爱，不在于她为他们做了些什么，甚至与她做了什么完全无关，只为她这个人本身。

我在基贝拉的日子里，似乎每天只是虚度年华、碌碌无为，但我丝毫不因此而悔恨或羞耻，我感知到的比我做到的多得多。如果我真因为什么而感到遗憾的话，那定是因为直至最后，我仍觉得没有被 Hot Sun 彻底接纳，甚至没有被任何一个人毫无保留地接纳。我于他们或许仍是一阵风，或一种气候，像那些来度夏的候鸟一样倏忽飞走，也不会留下任何痕迹。

他们并不爱我。

↑基贝拉儿童

↓涂鸦街景

↑基贝拉　棚户区街道

↓基贝拉　雨后

"读行者"是由中南博集天卷文化传媒有限公司精心打造的思想文化类图书品牌，主张"从阅读走进现实"，立意是为文本、作者和读者打造沟通交流平台，分享读书人对历史文化、现实人生的思考与感悟。以下为读行者出品的重点作品：

《多情却被无情恼：李商隐诗传》
（2013年9月上市）苏缨 毛晓雯/著

这是他一个人的诗篇，也是中国最美典故大全
这是他一个人的悲喜，也是一个时代的沉浮
这是他一个人的故事，也是中国式文人的集体背影

《只为途中与你相见》《纳兰容若词传》作者苏缨、毛晓雯携新作再度归来

《1980年代的爱情》
（2013年9月上市）野夫/著

野夫半自传体小说，带我们一同追忆废墟上生长出来的美好时光

章诒和、柴静、敬文东诚挚推荐
散材毛喻原专供木刻插画5幅

前世的爱情构成了野夫心中隐秘的骄傲，那是整整一代人的骄傲
谨以此书纪念共和国历史上曾经的清纯年代

读行者